변신

변신

초판 1쇄 발행 2025년 1월 10일

—

지은이 다와다 요코

옮긴이 정항균

펴낸이 이방원

책임편집 이희도 **책임디자인** 양혜진

마케팅 최성수 · 김 준 **경영지원** 이병은

—

펴낸곳 세창출판사

신고번호 제1990-000013호 **주소** 03736 서울특별시 서대문구 경기대로 58 경기빌딩 602호

전화 02-723-8660 **팩스** 02-720-4579 **이메일** edit@sechangpub.co.kr

홈페이지 http://www.sechangpub.co.kr **블로그** blog.naver.com/scpc1992

페이스북 fb.me/Sechangofficial **인스타그램** @sechang_official

—

ISBN 979-11-6684-390-7 03800

변신

다와다 요코 지음
정항균 옮김

세창출판사

일러두기

1 이 책은 다와다 요코의 튀빙겐대학교 시학 강의록 *Verwandlungen. Tübinger Poetik Vorlesungen*(Konkursbuch Verlag Claudia Gehrke, 2021)을 우리말로 옮긴 것이다.

2 단행본은 겹낫표(『 』)로, 논문이나 단행본으로 출간되지 않은 시, 희곡, 단편소설은 홑낫표(「 」)로, 그림과 오페라와 음악은 홑화살괄호(〈 〉)로 표기했다.

3 외래어 표기는 국립국어원 원칙을 따랐으며 일부 관례로 굳어진 것은 예외로 두었다.

4 각주는 모두 옮긴이 주, 미주는 모두 지은이 주다.

5 본문에 언급된 단행본은 국내에 번역된 경우 원서명을 병기하지 않고 번역서의 제목으로 표기했다.

차례

1강

/

새의 목소리 또는 낯섦의 문제

낯선 나라에서 말하면 목소리가 이상하게 고립되고 벌거벗은 채로 공중에 떠다니게 됩니다. 마치 단어가 아니라 새를 내뱉는 듯한 느낌이 들지요.

가끔은 지저귀는 새소리처럼 들리기도 해요. 귓속 깊숙이 들어오지만 이해할 수는 없는 소리 말이에요. 그러면 거기에 정말 어떤 목소리가 있었다는 사실을 입증이라도 하려는 듯 노래하는 새를 찾게 되죠. 하지만 볼 수 있는 것은 빽빽이 자란 나뭇잎들뿐이에요. 운이 좋으면 날아가는 새의 그림자도 볼 수 있고요.

낯선 사람들 앞에서 말하면 이상한 기분이 듭니다. 문장은 분명한 윤곽을 띠고 (모국어로 말할 때는 그렇지 않은 경우가 많죠), 말의 내용도 구체적이고 명료한데, 목소리만 공중에서 자신의 자리를 찾지 못하거든요.

거의 모든 새의 발성 기관이 매우 유사한 구조를 띠고 있지만, 다양한 종류의 새들이 각기 전혀 다른 방식으로 노래한다는 것은 잘 알려진 사실입니다. 새들이 노래할 때 보이는 차이의 원인은 생물학적인 것도, 기후적인 것도 아니에요. 인간도 비슷하죠. 인간은 서로 다른 언어를 말할 뿐만 아니라, 다양한 목소리를 갖고 있기도 해요. 예를 들면 스웨덴에서는 독일에서보다 나지막한 소리로 말하고, 동아시아에서는 목소리의 톤이 대개 유럽에서보다 높습니다. 저는 캘리포니아에서 목소리가 정수리에서 나오는 것을 들은 적이 있어요. 반면 슈타이어마르크에서는 말이 배와 쇄골 사이에서 시작되지요. 그 밖에도 여러 차이점과 흥미로운 세부적 사실들이 있습니다. 낯선 목소리들로 둘러싸이면 어떻게 행동하게 될까요? 몇몇 사람들은 의식적으로든 무의식적으로든 자신의 목소리를 새로운 환경에 맞추려고 시도합니다. 음의 높낮이나 음의 세기가 조절되고, 새로운 언어 리듬을 흉내 내며, 들숨과 날숨에 신경 쓰게 되죠. 모든 자음과 모음 그리고 어쩌면 모든 쉼표가 신체 세포를 뚫고 들어가 말하는 사람을 변화시키는 거예요. 이것이 어쩌면 2세대와 3세대 이민자들이 고국에 머문 사람들과 다른 얼굴을 갖게 되는 이유 가운데 하나일지도 모릅니다.

동화하려고 시도하는 대신 자신의 목소리에 나타나는 기이한 적나라함을 즐길 수도 있어요. 목소리는 종종 한 사람을 사회에 결속하는 기능을 갖곤 합니다. 이러한 목적을 위해서 목소리는 눈에 보이지 않아야 하죠. 그러면 그것은 마치 화학 접착제처럼 작용합니다. 이와 반대로 낯선 목소리는 꿰뚫어볼 수 없고, 함께 하는 대화의 멜로디를 중단시키며 틈을 열어주기도 하는데, 이러한 틈은 곤란한 분위기를 만들기도 하지만 신선하게 작용할 수도 있어요.

이 강연에서 '낯선 목소리'에 대해 이야기한다고 해서, 모어만 할 줄 아는 사람이 자신의 본래 목소리를 보존한다고 전제하는 것은 아닙니다. 태어날 때 가졌던 목소리를 계속 유지할 수는 없으니까요. 목소리의 통합과 낯섦

사이의 긴장은 사회화의 불가피한 부분이지요. 줄리아 크리스테바가 관찰한 중국어는 이러한 맥락에서 특히 흥미롭습니다.

"음의 변이와 높낮이는 아이들이 이해하고 따라 할 수 있는 소리의 흐름이 지닌 첫 번째 변별 자질이다. 음색으로 작업하지 않는 언어적 환경에서 자란 아이들은 음색을 아주 빠르게 잊어버리지만, 말의 음색에 신경을 기울여야 하는 아이들에게는 그것이 매우 또렷하게 각인된다. 이로써 중국 아이들은 다른 나라 아이들보다 더 일찍 (생후 5-6개월) 사회적인 의사소통 규약인 언어를 접하게 되며 아주 빨리 자신의 언어의 근본적인 특징인 음조를 구별할 수 있게 된다. 그리고 이 나이 때에 어머니의 몸에 대한 의존도가 대단히 높으므로 어머니의 정신적, 신체적 특징이 그것을 꾸밈없이 전달하는 음성적 발화의 음색을 형성한다. 그러다가 이차적이라고 할 수 있는 문법체계를 파악하면서, 음색은 잠재적이지만 활발한 의사소통의 토대로 변한다. 이러한 문법체계는 이제 더 강력한 사회화기능을 갖게 되는데, 그것이 (더 이상 음향의 자극들이 아닌)

의미들로 구성되어 있고, (더 이상 어머니가 아닌) 대화 상대방을 고려하는 말의 전달을 보장하기 때문이다."[1]

억양이 문법적인 중요성을 지닌 언어에서 발화된 언어는 의사소통적 언어로의 진입 전 단계와 진입 후 단계 사이의 관계를 만들어냅니다. 외국어에서 살아남아 그것을 왜곡하는 (그러한 언어적 리듬을 악센트라는 말로 부르기도 하는데) 언어의 리듬은 모어의 신체에 대한 기억을 내포하고 있죠. 정반대로 낯선 혀로 어떤 언어를 말하면, 이 언어가 일종의 신체성을 획득할 때도 있습니다.

함부르크에 도착하기 전까지 제게 목소리는 별 의미가 없었어요. 그것을 진동이나 파장, 적나라한 떨림 내지 공중에서 푸드덕거리며 날아다니는 새로 느낀 적은 단 한 번도 없었으니까요. 저는 사람들이 일반적으로 자신의 모어를 말하는 것처럼 눈에 띄지 않게 말했고, 상대방은 제 말을 글로 쓴 문장처럼 받아들였죠. 제가 한 말이 제 몸에서 나온다고 느낀 적은 한 번도 없었어요. 이와 달리 제 손글씨는 제게 많은 것을 의미했어요. 편지나 일기 또는 학교 작문을 통해 저는 미지의 곳으로 여행을 떠났고 이때 손글씨는 늘 제 여행 동반자였죠. 부드러운 연필로 천천히 종이에 쓴 아이의 글씨는 그 무엇으로도 파괴되지 않았어요. 반면 제 목소리는 제가 속한 공동체 전체의 소리에 파묻혀버렸죠.

언젠가 저는 물구나무를 서서 더는 말할 수 없을 때까지 한 단어를 반복한 어떤 예술가의 비디오를 보았습니다. 제 기억이 맞다면, 그가 세심하게 발음한 단어는 '속삭이다lispeln'였어요. 마치 중력에 맞서 움직여야 하는 것처럼 혀는 시간이 지나면서 점점 무거워졌지요. 말하느라 몸이 너무 힘들어서 언어가 그 전과 완전히 달라졌어요. 혀는 한 마리의 동물로 변했고, 입술은 점점 불안정해졌으며, 이빨은 단지 방해가 될 뿐이었죠. 말을 하려면 모든 신체 기관을 통제할 수 있어야 해요. 그런데 그 남자는 통제력을 상실했고, 그래서 각 신체 부위가 따로 놀기 시작한 거죠.

이러한 의미에서 낯선 언어를 말하고 이때 일어나는 신체적 수고를 관찰하는 것은 일종의 예술적 실험이라고 할 수 있습니다. 물론 외국어를 사용하며 살아가는 사람이 이를 실험으로 생각하는 경우는 거의 없을 거예요. 오히려 외국에 사는 사람들에게 그것은 어쩔 수 없는 상황인 거죠. 그런데 시간이 지나면서 지루해서가 아니라 어쩔 수 없이 하게 된 실험이나 놀이가 훨씬 더 흥미로운 것은 아닌지 저 자신에게 묻곤 합니다. 쓸모없고 무의미한 것을 뭔가 절체절명의 것이 걸려 있는 바로 그곳으로 몰고 가야만 한다는 겁니다.

불확실성을 이용해 실험하는 사람은 종이로 만든 다리 위에 서 있는 거나 마찬가지예요. 천천히 말할 수밖에 없거나, 어쩔 수 없이 말을 더듬거리거나 말하다가 중간에 불필요하게 쉰다면, 곧바로 획일화된 두뇌를 가진 누군가가 나타나서 수정 제안이나 심리학적인 조언, 교육적인 제안 혹은 인간적인 동정의 말을 내뱉으니까요. 늘 이러한 방식으로 우리의 언어를 통제하고 길들이며 공격하거나 침묵하게 만드는 사람들이 있어서 본디 말할 때 약점을 보여서는 안 됩니다. 공중으로 자유롭게 내뱉은 목소리들 때문에 화자가 공격받을 수 있으니까요. 그래서 예를 들면 아무 말도 하지 않음으로써 자신을 방어할 수 있을 것입니다. 하지만 독일에서는 침묵이 금지되어 있어요. 자, 그럼 어떻게 해야 할까요? 이러한 곤경에서 벗어나기 위해 실험적인 방식으로 말할 수 있을 겁니다. 일례로 한 문장을 서투르게 끊어놓는, 당황해서 생긴 휴지부를 의식적으로 리듬을 형성하는 요소로 사용할 수 있겠지요. 또는 텍스트에 제의적 특성을 부여하기 위해 단조로운 언어적 멜로디를 사용하거나 한 단어 혹은 문장 구조를 강박적으로 반복하는 방법도 있습니다.

초록빛 수면에

새겨진 목소리.

물총새가 물속에 뛰어들면,

순간이 윙윙거리네:[2]

파울 첼란의 연작시 『언어 창살Sprachgitter』에 나오는 이 첫 시행들은 이미 오래전부터 제 머릿속을 맴돌고 있습니다. 수면에 마치 글씨처럼 새겨진 목소리들은 귀에는 들리지 않을 것만 같습니다. 물총새가 수면 위로 올라오거나 물속으로 뛰어들고 나서야 소리를, 진동을 들을 수 있습니다. 그러고는 콜론 표시가 나오죠. 『언어 창살』에서는 대개 각 연의 맨 앞에 '목소리'라는 단어가 나옵니다.* 그리고 그 뒤에 콜론이 종종 일종의 예고처럼 따라 나오기도 합니다: 이제 목소리가 말한 발화 내용이 뒤따를 거야. 드디어 이해할 수 없는 목소리를 인간의 언어로 번역한 것을 보게 될 거야. 이처럼 콜론은 내용의 전달이나 설명 또는 번역에 대한 기대를 일깨웁니다. 이와 반대로 콜론 앞의 영역, 즉 목소리의 영역에는 아무런 내용이 나오지 않습니다. 저는 아무런 내용도 필요로 하지 않고 오직 목소리만 담고 있는 시를 상상해봅니다.

독일어에는 흥미로운 관용구가 하나 있습니다. 바로 "개 완전히 돌았어Bei dem piept es"**라는 말입니다. 새의 것

* 앞의 시 번역에서는 '목소리'라는 단어가 2행의 마지막 부분에 나오지만, 원문에서는 1행의 맨 앞에 나온다.

** 이 문장은 직역하면 '그 사람에게서 새 된 소리가 나'라는 의미다.

으로 추정되는 어떤 목소리가 말을 합니다. 그 목소리는 '새 된 소리를 내는' 사람의 사고방식에 영향을 미치는 것 같습니다. 독일 낭만주의에서도 새소리는 중요한 역할을 하죠. 일례로 에테아 호프만의 메르헨 『낯선 아이Das fremde Kind』에는 악기 연주 자동인형과 경쟁하는 산새들이 등장합니다. 이 경쟁은 이미 아이들의 방에서 시작됩니다. 아이들은 여기서 새로운 자동인형을 가지고 놀다가 근처 숲에서 노래하는 방울새, 되새, 밤꾀꼬리의 목소리를 듣습니다. 그리고 그로 인해 다시 숲으로 들어가려는 욕망이 깨어납니다. 하지만 아이들은 인형과 떨어질 수 없어 그것을 숲으로 가져가지요. 메르헨에 나오는 요정의 왕국에서도 새들은 특별한 존재인데요, 그들의 노랫소리가 궁전과 정원 그리고 숲에 있는 모든 것에 생기를 불어넣기 때문입니다.

새의 언어는 동시에 새의 노래이기도 해서 언어와 음악이 서로 만나게 됩니다. 새의 언어는 하늘을 날아다니는 사람의 언어예요. 인간은 오직 꿈에서만 자신의 힘으로 나는 법을 알고 있죠. 그래서 새의 언어를 꿈꾸는 사람의 언어라고 부를 수도 있을 겁니다. 호프만의 메르헨에 나오는 아이들은 스스로 날고 나서야 처음으로 새소리의 언어를 이해할 수 있게 됩니다. 하늘을 나는 동작을 따라 하면서 비로소 하늘을 나는 새의 언어를 습득할 수 있게 된 거죠. 하지만 새와 숲의 언어를 파괴하려는 사악한 인물도 있어요. 메르헨에서 다양한 모습을 띠는 이 인물은 우선은 가정교사 '틴테* 선생'으로 등장합니다. 그는 자신을 학문의 중요한 대변자라고 주장하며, 이러한 학문에서 어떤 가치도 갖지 못하는 것을 모두 '잡동사니'라고 부르죠. 숲은 그에게 끔찍한 잡동사니로 가득 찬 곳이에요. 그가 무엇보다 견딜 수 없는 것은 숲에는 "정돈된 오솔길이나 큰길"이 없으며 새들이 "분별 있게 말할 줄"을 모른다는 사실입니다. 그는 '합리적으로 가꾸어진 정원'을 선호하죠. 예를 들면 화분에 있는 꽃을 좋아하는데, 꽃의 향기로 향료를 아낄 수 있으니까요. 이와 반대로 작은 야생화들은 그가 보기에 쓸모가 없어서 즉시 뽑아버려야 합

* 틴테(Tinte)는 독일어로 '잉크' 또는 '먹물'을 의미한다.

니다. 크리스트립이 그에게 꽃에도 '눈'이 달려 있음을 환기하자 그의 적대감은 더 커집니다. 꽃에 달린 눈이 인간을 바라볼 때 틴테 선생은 너무 화가 나서 꽃을 뿌리째 땅에서 뽑아버립니다. 크리스트립에게 꽃은 일상 용품도 아니고 연구 대상도 아닙니다. 오히려 그것 자체가 자신의 눈으로 인간을 바라보는 관찰자죠. 하지만 학자는 자연으로부터 관찰당하고 싶어 하지 않습니다. 뒤를 돌아보는 대상은 그를 두려움과 증오에 빠뜨리니까요. 그는 자연의 지배자로서 자신의 지위를 확실히 하기 위해 꽃의 눈을 뿌리째 뽑아 없애야만 합니다. 새들도 비슷하죠. 방울새가 틴테 선생의 코밑으로 날아와 나뭇가지에 앉아 노래를 부르기 시작하면 이 노래는 그의 귀에 마치 조롱처럼 들립니다. 화가 난 그는 돌을 던져 새를 죽이죠. 학자는 자연의 평가를 듣고 싶어 하지 않으니까요. 그와 달리 틴테 선생은 아이들이 언어로 인지하는 모든 자연의 소리를 깎아내리며 잡소리라고 부르죠. "너희들은 거기서 무슨 얼빠진 헛소리를 하는 거야? 누가 너희들의 머릿속에 그런 바보 같은 생각을 심어주었니? 이제 숲과 시냇

물이 뻔뻔하게 이성적인 대화에 끼어드는 일만 남았네. 새들의 노랫소리도 아무것도 아닌 잡소리일 뿐이야."[3]

한스 크리스티안 안데르센의 메르헨 『밤꾀꼬리Die Nachtigall』에도 장난감 새와 경쟁을 벌이는 노래하는 새가 등장합니다.[4] 호프만의 메르헨에서 자동인형의 언어가 새의 언어와 마찬가지로 중요한 역할을 하는 반면, 안데르센의 메르헨은 생태학적인 교훈을 전달합니다. 황제는 훌륭한 진짜 새를 성능이 뛰어난 장난감 새로 대체한 후 병들고 자신의 실수를 후회하죠. 이 메르헨에는 밤꾀꼬리의 목소리가 사람을 치유할 힘을 갖고 있다는 옛날 사람들의 믿음이 깔려 있어요. 안데르센의 메르헨은 이해하기 쉬운 교훈과 자연에 대한 감상적인 사랑 때문에 에테아 호프만의 메르헨보다 훨씬 잘 알려지게 되었죠.

루트비히 티크의 메르헨 『금발의 에크베르트Der blonde Eckbert』에서도 새의 언어는 매우 중요합니다. 주인공인 어린 소녀는 자신을 학대한 양부모의 집을 나옵니다. 무시무시한 숲과 험준한 바위 지대를 오랫동안 걸은 끝에 그녀는 한 노파를 만나게 됩니다. 이 노파는 아무도 살지 않는 곳에 홀로 살고 있죠. 그녀에게는 새 한 마리가 있었는데, 그 새는 이렇게 노래합니다.

숲의 고요함이,
나를 기쁘게 하네.
오늘처럼 내일도
영원히
오, 나를 더없이 기쁘게 하네
숲의 고요함이[5]

이날부터 소녀는 노파의 집에서 살며 그녀를 위해 일합니다. 그러던 어느 날 노파가 소녀에게 새에 관한 비밀을 털어놓죠. 새는 매일 알을 낳는데, 그 안에 진주나 보석이 들어 있다는 거예요. 소녀는 매일 새장에서 알을 꺼내 단지에 넣어야 했어요. 누구의 눈에도 띄지 않고 항상 같은 상태로 있는 이 보석의 아름다움은 나중에 소녀의 아름다움과 비교됩니다. 그 소녀도 다른 사람의 눈에 띄지 않는 곳에서 자라기 때문이죠. 소녀에게는 노파와 새 말고는 대화를 나눌 상대가 없었어요. 메르헨에는 "… 새는 내 모든 질문에 노래로 대답했다"라고 쓰여 있어요. 이 소녀를 순수함의 화신으로 보려는 몇몇 독자도 계실 거예요. 하지만 이 소녀는 곧 다른 세계를 열렬히 동경하며 새알을 팔아서 얻을 수 있는 부에 대한 생각에 사로잡히곤 합니다. 게다가 책을 많이 읽으면서 그녀의 머리에 이상적인 기사에 대한 상이 생겨나죠. 노파가 꽤 오랜 기간 집을 비우고 없던 어느 날 소녀는 집을 떠나고 싶은 마음속 열망을 더는 억누를 수 없게 됩니다. 그래서 그녀는 새장을 들고 집에서 도망치죠. 그녀는 이곳저곳 장소를 바꾸는데, 시간이 지나면서 노파가 쫓아오는 것에 대한 두려움이 줄어듭니다. 그녀는 새알을 팔아 어떤 집에 세 들어 살게 됩니다. 고통과 두려움은 다 사라진 듯 보였죠. 하지만 어느 날 밤 오랫동안 노래 부르지 않던 새가 갑자기 가사를 바꿔 옛날 노래를 다시 부르기 시작합니다.

숲의 고요함이여,

그대는 너무 멀리 떨어져 있구려!

언젠가 시간이 흐르면

오, 그대 후회하리니

아, 유일한 기쁨인

숲의 고요함이여[6]

이 노래는 소녀에게 죄책감과 후회를 불러일으키죠. 그녀는 이제 잠을 이룰 수 없어 끊임없이 노래하는 새를 목 졸라 죽입니다. 이 여주인공은 금발의 에크베르트라고 불리는 어느 기사와 결혼해 평온한 삶을 삽니다. 어느 날 그녀는 남편의 친구인 필립 발터에게 자신의 기이한 어린 시절에 관한 이야기를 들려줍니다. 그런데 우연히 발터가 그녀의 어린 시절 이야기를 이미 정확히 알고 있다는 사실이 밝혀지죠. 이로 인해 에크베르트의 아내는 병이 들며 발터가 다름 아닌 예전의 그 노파라는 감정에서 더는 벗어날 수 없게 됩니다. 에크베르트는 존재만으로 자신과 아내를 괴롭히는 발터를 살해합니다. 새의 노래에서 반복해서 나오는 '숲의 고요함'이라는 섬뜩한 합성어는 '발터'라는 이름과 동일한 순서의 음들로 시작합니다.* 발터는 억압된 기억처럼 계속해서 나타나는 인물입니다. 자신의 아내가 병으로 죽자 에크베르트는 혼자 칩거해 살죠. 그리고 오랜 시간이 지난 후 그는 후고라는 새로운 친구를 사귀게 됩니다. 하지만 티크의 메르헨에서는 새로운 모든 요소가 기억의 회귀임이 밝혀지죠. 그래서 새 친구인 후고는 곧 발터임이 드러납니다. 에크베르트가 이를 알아차리자 새가 부른 옛 노래가 바뀐 가사로 다시 울려 퍼집니다.

숲의 고요함이
나를 다시 기쁘게 하네.

* '숲의 고요함(Waldeinsamkeit)'이라는 단어와 '발터(Walther)'라는 단어의 앞 세 글자가 'Wal'로 똑같다.

내게는 아무런 고통도 없고,

이곳에는 아무런 시기심도 없으니,

나를 새롭게 기쁘게 하네

숲의 고요함이.[7]

살해된 발터는 후고로 등장합니다. 마치 배신당한 노파가 발터로 등장했듯이 말이죠. 새의 노래가 옛 기억을 되살아나게 하자 버림받았거나 살해당한 존재가 모두 다시 돌아옵니다. 그렇지만 노래 가사의 의미는 암호처럼 감춰져 있죠. 노래 가사가 구체적인 사건을 묘사하지 않아서 '숲의 고요함'이라는 단어의 반복은 마법 같은 효과를 내고, 노래는 깊숙이 파묻혀 있는 것처럼 보였던 옛 기억에 이르게 됩니다.

새의 언어가 지닌 의미를 보여주는 가장 좋은 예는 리하르트 바그너의 〈니벨룽족의 반지Der Ring des Nibelungen〉에서 찾을 수 있습니다. 지크프리트는 용을 때려죽이고 나서 새의 언어를 이해할 수 있게 됩니다.

용의 피로 인해

내 손가락이 불타올랐다.

나는 손가락을 호호 불면서 입에 갖다 댔다.

피가 혀를 약간 적시자마자

나는 곧바로 새들의 노래를

이해할 수 있었다.[8]

〈니벨룽족의 반지〉에서 독자적인 인물로 등장하는 '산새'의 목소리가 지크프리트에게 조언하는데, 그 도움으로 그는 적들에게서 자신의 목숨을 구할 수 있게 됩니다.

하지만 새의 언어가 게르만 신화와 독일 낭만주의만의 구조적 요소는 아닙니다. 미르치아 엘리아데는 『샤머니즘과 고대의 강신술Schamanismus und archaische Ekstasetechnik』에서 특정한 사람들이 "동물의 언어"를 습득할 수 있다는 생각을 세계 거의 어디서나 발견할 수 있다고 말합니다. "'마술'과 '노래', 특히 새의 노래는 종종 동일한 말로 지칭된다. 게르만어로 주문呪文은 갈드르galdr다. 이 단어는 '노래하다'라는 의미의 동사인 갈란galan과 함께 사용된다. '갈란'은 특히 새들의 울음소리에 사용된다. 동물의 언어, 무엇보다 새의 언어를 습득한다는 것은 세계 어디서나 자연의 비밀을 알고 이로써 예언도 할 수 있음을 의미한다. 일반적으로는 뱀 또는 주술적인 것으로 간주되는 다른 동물을 먹음으로써 새의 언어를 배울 수 있다. 이러한 동물들은 미래의 비밀을 드러낼 수 있는데, 그 동물의 몸에는 망자의 영혼이 살고 있으며 신들이 현현하기 때문이다."[9] 이러한 설명은 바그너의 작품에서 지크프리트가 자신도 모르게 샤머니즘적인 전통을 반복하고 있음을 보여줍니다. 지크프리트가 때려죽인 용은 엘리아데의 책에서 언급된 뱀에 해당합니다. 지크프리트는 용의 피를 마심으로써 새의 언어를 습득하죠. 하지만 그는 이를테면 시베리아의 샤먼과 달리 동물의 언어를 의식적으로 제의와 연관해 배우지 않기 때문에 이러한 지식을 갖게 도와준 용에 대한 존경심이 없습니다.

고대 중국에도 새의 언어가 지닌 특별한 의미에 대한 관념이 존재했지요. 공자는 공식적으로 살인 혐의로 유죄판결을 받은 한 남자를 높이 평가해 그가 자신의 딸과 결혼하는 것을 허락했습니다. 흥미로운 것은 그 사위가 살인자로 의심받은 이유입니다. 새의 언어를 이해할 수 있던 그가 우연히 새들이 살인사건에 대해 서로 이야기하는 것을 들었던 것입니다. 그래서 그는 시체가 어디에 숨겨졌는지 정확히 알고 있었던 거죠. 하지만 사람들은 대부분 그의 이야기를 믿으려 하지 않았고 그가 범인일 거라고 추정했던 것입니다.

모차르트는 거대한 뱀을 죽인 비극적 영웅 대신 샤먼을 패러디한 인물을 무대에 올렸습니다. 그 사람은 바로 〈마술피리Zauberflöte〉에 나오는 새잡이꾼 파파게노입니다. 그는 샤먼처럼 깃털 옷을 입고 있지요. 파파게노는 자신이 뱀을 죽인 영웅이라며 왕자를 속였지만, 뱀을 제압한 것은 사실 세 여성이었습니다. 그것도 칼과 피가 아닌 오직 말로 말입니다. 이를 위해서는 단지 다섯 단어면 충분했습니다: "죽어라, 괴물아, 우리의 힘으로!"*[10] 바로 다음

* 번역하면 네 단어지만, 원문은 다섯 단어로 되어 있다.

줄에는 "승리했다, 승리했어!"라는 말이 나옵니다. 파파게노는 용 퇴치자가 아니라 그저 새잡이꾼일 뿐입니다. 그는 새의 언어를 구사할 줄 모르며, 따라서 예언자도 아닙니다. 그는 단지 여성들에게 붙잡은 새를 제공하며 그 대가로 음식과 음료를 받을 뿐이죠.

엘리아데는 장차 샤먼이 될 사람이라면 입문의례가 진행되는 동안 비밀언어를 습득해야 한다고 씁니다. 그런데 비밀언어는 동물 울음을 흉내 냄으로써 생겨나곤 합니다.[11] 비밀언어는 자연의 소리를 흉내 내는 모방언어라는 것입니다. 그것은 인간의 언어보다 자연 및 망자와 더 직접 연관되어 있어서 예언의 매체로 여겨진다고 해요. 하지만 현대의 계몽적인 맥락에서는 이러한 종류의 비밀언어가 더 이상 문화적으로 인정되지 않습니다. 'einen Vogel haben'*이라는 관용구는 새의 언어가 이성의 언어와 다른 언어라는 것을 보여줍니다. 이 관용구에서 새의

* 직역하면 '새를 한 마리 가지고 있다'라는 뜻이지만, '제정신이 아니다'라는 의미로 사용된다.

언어는 정상에서 벗어난 것으로 간주되죠. 머릿속에 이러한 '다른' 언어를 가지고 있으면 '미친' 사람으로 여겨지는 것입니다.

새소리를 묘사한 것으로 전해지는 가장 오래된 가곡은 이미 약 450년 전에 작곡되었습니다. 파리에 사는 한 작곡가가 쓴 이 곡의 제목은 '새의 노래'예요. 제가 이 강연의 바로 이 부분을 쓰고 있는 동안, 이 주제를 다루는 독일 라디오의 한 음악방송에서 우연히 이 곡을 들었습니다. 라디오에서 연주되는 베토벤, 레오폴트 모차르트, 헨델, 슈만, 생상스 등의 몇몇 곡을 들었을 때 제 눈에 띈 것은 작곡가들이 대부분 자신의 곡에서 뻐꾸기와 밤꾀꼬리를 다룬다는 점이었죠. 그들은 자신이 실제로 듣는 새소리보다는 이러한 새들의 신화적인 이미지를 다룹니다. 이와 반대로 올리비에 메시앙의 〈새의 목록Catalogue d'oiseaux〉이라는 곡은 전혀 다른 음악적 모방과 몸짓을 보여주죠. 그는 알프스 까마귀, 꾀꼬리, 파랑지빠귀, 지중해 검은딱새, 올빼미, 종달새 같은 새들이 지저귀는 소리를 피아노 음악으로 옮깁니다. 이 새의 목록에서는 뻐꾸기도 밤꾀꼬리도 찾을 수 없어요. 이 음악은 제게 강렬한 기억을 불러일으키지만, 이 기억이 특정한 새소리와 관련된 것은 아니에요. 피아노로 새소리를 있는 그대로 모방하는 것은 불가능한데, 이는 새가 피아노 건반이 재현할 수 있는 것보다 훨씬 짧은 시간 간격으로 노래하기 때문이죠. 새들은 평균율로 노래하지 않고 인간의 박자체계를 따르지도 않아요. 따라서 피아노로 새의 노래를 연주한다면, 어쩔 수 없이 변조가 생길 수밖에 없죠. 바로 이 점에서 모방 행위 자체가 뚜렷하게 드러납니다. 메시앙의 변형 작업은 정확하고 세심하며 주의 깊습니다. 몇몇 사진은 자연에서 새들의 노랫소리를 엿듣고 있는 그의 모습을 보여주죠. 그는 손에 연필을 쥐고 새들의 노래를 기록하고 있습니다. 그가 모방한 것은 다름 아닌 모방 행위 자체예요. 새가 지닌 매우 중요한 특성 중 하나가 바로 다른 새가 지저귀는 것을 모방하는 것이니까요.

인간의 언어를 흉내 내며 말하는 새는 그 언어의 내용도 소위 문법도 이해하지 못합니다. 마찬가지로 인간도 결코 새의 언어를 이해할 수 없을 것입니다. 하지만 집중적인 모방은 꿈에서처럼 낯선 언어의 명료한 모상을 표현할 수 있을 것입니다.

독일어를 말할 때 저는 숲에 서서 새들의 음악을 들으며 그것을 기록하고 모방하려는 작곡가가 된 것 같은 기분이 들곤 합니다.

낯선 혀로 말하는 사람은 조류학자이자 한 마리의 새입니다.

2강

/

거북이의 문자 혹은 번역의 문제

알파벳을 읽는 것은 일종의 기술입니다. 최근에 저는 갑자기 독일어 책을 읽을 수 없다는 것을 깨달았어요. 독일어를 오래 들여다볼수록, 더 많은 어려움이 눈에 들어옵니다. 하지만 이러한 어려움에는 이미 익숙해졌죠. 이 어려움은 언어의 신체를 비추며 이를 통해 그것을 눈에 띄게 만듭니다. 이와 반대로 사람들은 일반적으로 자신이 자유자재로 구사할 수 있는 것에서는 아무것도 보지 못합니다. 독일어 책을 몰입해서 읽는 경우가 아주 드물다는 사실을 저는 오랫동안 깨닫지 못했어요. 어렸을 때 저는 사람들이 자신의 집에 들어가듯이 책 속으로 뛰어들어갔습니다. 그러고는 책에 묘사된 세계에 빠져들어 거기에 쓰인 글자를 더는 보지 못했죠. 마치 집에 들어가듯이 책 속으로 들어가려면 글자가 사라질 정도로 빨리 책을 읽어야만 합니다. 하지만 어쩌면 중요한 것은 독서의 속도가 아니라 방식일지도 모릅니다. 저는 이론적으로는 표음문자를 어떻게 읽어야 하는지 이미 알고 있습니다. 표음문자는 머릿속에서 빨리 그에 상응하는 단어의 음으로 치환해야 하는데, 그렇지 않으면 단어의 의미가 철자의 벽 뒤에 숨어버리기 때문이죠. 글자를 쳐다보아서는 안 되며, 재빨리 그 위로 날아가버려야 해요. 하지만 몇 분이 지나면 벌써 저의 시선이 모든 철자에 머무르기 시작합니다. 그러면 제 머릿속은 조용해지고, 의미는 사라져버리죠. 어쩌면 알파벳 풍경을 지나가려면 차량이 필요할지도 모릅니다. 예를 들면 언어의 리듬이 그런 차량일 수 있겠죠. 그것은 철자라는 식인 선인장이 잡아채지 못하도록 저를 재빨리 초원 위로 옮겨줄 거예요.

제 안의 언어적 리듬을 강화하기 위해 저는 라디오에서 낭독회를 즐겨 듣습니다. 같은 언어라도 라디오에서 흘러나오면 정말 쉽게 접근할 수 있을 것처럼 느껴져요. 하지만 라디오를 끄고 책으로 시선을 돌리자마자 저를 차량처럼 텍스트 너머로 옮겨줘야 할 제 안의 말하는 목소리가 다시 침묵하기 시작합니다. 제 시선은 각 철자에 머무르게 됩니다. 그것이 마치 그림인 것처럼 말이죠. 저는 마치 미술관에 있는 것처럼 한 그림에서 다음 그림으로 몸을 질질 끌며 이동합니다. 단어들은 일종의 형상이 되어 자신의 의미를 잊어버리며 색과 형태로 변합니다.

미술관과의 비교는 유감스럽게도 잘못된 것입니다. 어느 땐가 미술관에서 표음문자를 읽어내는 사람은 저와 전혀 다르게 행동한다는 것을 깨달았으니까요. 그들은 그림도 표음문자처럼 인식하는 것으로 보입니다. 다시 말해 그들은 그림을 말없이 쳐다보기보다는 재빨리 말로 번역하죠. 그들은 계속해서 자신에게 묻습니다. 내가 그림에서 보는 것은 뭐지? 거기에 무엇이 모사되어 있지? 이 예술가의 의도는 뭐지? 이처럼 그림은 단어로 변신하고 문장을 이룹니다. 이와 달리 저는 때때로 그림 앞에 서서 언어가 해체되는 모습을 지켜봅니다. 이때 제 모습은 마치 악보를 붓글씨처럼 바라봐서 자신의 악기로 아무런

소리도 내지 못하는 음악가를 닮았습니다.

스물두 살이 될 때까지 저는 오로지 일본어 책만 읽었어요. 학교에서 짧은 외국어 텍스트를 읽기도 했지만, 외국어 책 독서에 몰입한 적은 한 번도 없었죠. 일본어를 읽는다는 것은 우선 위에서 아래로 읽는 것을 의미합니다. 높이뛰기만 연습한 운동선수가 멀리뛰기를 하려면 다른 근육을 훈련해야만 합니다. 하지만 그것이 그렇게 어려웠던 것 같지는 않아요. 적어도 눈 주위에 근육통이 생기지는 않았으니까요. 힘들었던 것은 텍스트를 머릿속에서 말로 바꿔야 하는 거였죠. 일본어를 읽을 때는 표의문자를 소리로 전환하지 않으니까요. 저는 글자를 이미지로 인식하고 그 의미를 이해합니다. 이 경우에 말은 아무런 역할을 하지 못하죠. 그래서 제가 가끔 글자의 의미만 알고 발음을 모른다고 해도 아무런 방해가 되지 않아요. 저는 텍스트를 통해 한 이미지에서 다른 이미지로 옮겨 다니는데, 이때 음절문자는 표의문자들을 서로 연결하는 작은 다리가 됩니다.

일본에서는 현대 시를 큰 소리로 낭송하는 것을 오랫동

안 좋지 않게 생각했어요. 낭독회에서는 선별된 글자들의 정교한 구성을 전달할 수 없어서죠. 더욱이 문어는 대개 구어보다 더 세세하게 구별되어 있어요. 예를 들면 '탄테Tante'*라는 단어는 항상 '오바oba'라고 발음되지만, 탄테가 그녀와 관련된, 말하는 사람의 부모보다 나이가 적은지 아니면 많은지에 따라 다른 표의문자가 사용되죠.

우리가 생각하고 말하기 전부터 이미 엄청나게 많은 표의문자가 존재합니다. 표의문자들의 몸 전체에는 문화사가 새겨져 있습니다.

일본어에는 두 개의 문자체계가 서로 뒤섞여 있습니다. 표의문자인 중국의 상형문자와 나중에 일본에서 발전한 음절문자가 그것이죠. 일본의 음절문자에는 두 가지 종류가 있지만, 여기서는 그 구분이 그렇게 중요하지 않아요. 일본 문화사에서 표의문자에는 추상적인 성격이 부여되지만, 음절문자는 부드럽게 감정의 물결을 따라 써

* 이 독일어 단어에는 '이모, 고모, 아주머니' 등 다양한 의미가 있다. 그래서 아버지와 관련된 자매를 가리킬 때는 고모로, 어머니와 관련된 자매를 가리킬 때는 이모로 번역된다.

내려가야 합니다. 이전에 일본어에 존재하지 않았던 많은 추상적 개념들이 문자와 함께 중국에서 일본으로 전달되었습니다. 하나의 기호가 마치 의미의 소포처럼 배달된 거죠. 여러 시대에 늘 새롭게 이 소포의 내용물을 해석하고 분석하려는 시도가 있었지만, 그 소포를 열 수는 없었어요. 문자*의 경우 늘 그렇듯이 소포는 오직 포장지와 끈으로만 이루어져 있으니까요. 시대가 변하고 읽고 해석하는 방식이 달라지더라도 문자는 동일한 형태를 유지합니다. 그런 문자체계에서는 세상이 일정 수의 해체될 수 없는 요소들로 이루어져 있는 듯한 인상을 받게 됩니다.

2차 세계대전 직후에 일본 문자체계를 없애고 알파벳을 도입해야 할지 논의한 적이 있었습니다. 그런데도 일본의 문자체계가 계속 유지된 데는 여러 이유가 있습니다. 한 가지 확실한 이유는 유교 전통을 약화시키지 않으려고 했다는 것입니다. 표의문자와 유교는 역사 속에서

* 여기서 문자는 표의문자인 한자, 즉 일본어 간지를 가리킨다.

함께 성장해 하나가 되었습니다. 상형문자는 조상의 초상화처럼 여겨집니다. 그래서 공산주의의 개념을 모두 표의문자로 번역한 중화인민공화국에서도 동시에 옛 전통을 유지하고 있는 것이죠. 예를 들면 'Revolution'이라는 유럽 개념의 번역어로 사용된 단어는 두 개의 표의문자로 이루어져 있는데, 원래 하늘이 뜻을 바꿔 왕조의 교체가 일어나는 것을 의미합니다.* 그리하여 전통적인 관념이 '혁명'이라는 단어 속에서 계속 살아남게 됩니다.

글자란 분해될 수 없는 기이한 단위입니다.

제가 어떤 텍스트에서 새, 돌, 물고기 또는 나무 같은

* 한자어인 혁명(革命)이라는 단어에서 '혁(革)'은 '고치다, 바꾸다', '명(命)'은 '명령'을 의미하는데, 이를 조합하면 이 단어는 '명령(또는 뜻)을 바꾸다'라는 의미를 지닌다. 이로부터 혁명은 하늘이 자기 뜻, 즉 천명(天命)을 바꾸어 권력을 교체하는 것을 의미한다. 유교 문화를 지닌 고대 중국에서 군주는 천자, 즉 하늘의 아들로서 정통성을 지닌다. 그런데 군주가 폭정을 일삼고 천명을 거스른다면 새로운 군주를 내세워 천명을 회복해야 한다. 이러한 역성혁명(易姓革命)은 서양에서 말하는 혁명, 즉 급진적인 체제의 변혁이 아니라 왕조의 교체를 의미하며 보수적인 성격을 띤다. 오늘날 유교 문화권 국가에서 혁명이라는 개념을 사용할 때 여전히 그것이 하늘의 뜻이라는 전통적 관념이 살아 있다.

단어들을 사용하려고 한다면, 이 단어들은 상징이나 비유가 아니라 글자로 이해해야 합니다. 시에 등장하는 새는 새의 형태를 지닌 이집트의 히에로글리프와 비교될 수 있죠. 이 글자는 새와 아무런 관련이 없어요.

히에로글리프는 문자의 형상성이 구체적인 이미지와 아무런 관계가 없어도 된다는 사실을 명확히 해주어서 흥미롭습니다. 오히려 그것은 기억과 관련이 있어요. '이집트인들은 무엇 때문에 문자가 필요했는가'라는 제목의 볼프강 쉔켈이 쓴 흥미로운 논문이 있습니다. 이에 따르면 이집트 히에로글리프의 출현을 역사의식의 등장, 경제적 이유 또는 제의적 기능으로 설명하려는 시도들이 있다고 합니다. 히에로글리프는 그러한 목적을 위해서도 사용되었지만, 이전 시대의 모든 텍스트에서 전혀 다른 임무를 가지고 있었다고도 해요. 그 임무는 망자의 권리 주장과 요구를 기록하는 것인데, 일례를 들면 장례식을 준비하고 이를 통해 합법적인 유산상속자가 된 사람을 확인하는 것이죠. 그래서 글자는 살아 있는 사람에게 망자의 말을 떠올리게 하는 묘비와 비슷합니다. 얀 아스

만은 쉔켈의 논문이 수록된 모음집 『문자와 기억Schrift und Gedächtnis』12에서 비문을 고대 이집트 문헌의 전 단계로 이해할 수 있다고 씁니다.

표의문자의 신체는 난해하지 않습니다. 자신이 의미하는 바를 그대로 보여주니까요. 제 시선은 그 위에 편안히 머무를 수 있습니다. 일반적으로 표의문자에 역사의 흐름 속에서 축적된 여러 의미가 있더라도 그것이 무의미로 빠져들 위험은 없습니다. 한 글자의 다양한 의미가 상반되거나 서로 관계가 없는 것처럼 보이는 경우도 있습니다. 기호는 여러 번 덧칠되는 그림과도 같지요.

이와 반대로 알파벳 철자는 모두 수수께끼 같습니다. 예를 들면 A라는 글자는 제게 무엇을 말하려는 걸까요? 철자는 오래 쳐다볼수록 더 수수께끼 같고 더 살아 있습니다. 그것이 살아 있는 이유는 기의를 나타내는 기호가 아니기 때문이죠. 그것은 모사도, 픽토그램도 아닙니다. 알파벳 철자는 바라보지 말고 곧바로 소리로 변환해서 그것의 몸이 사라지게 해야 합니다. 그렇게 하지 않으면 그것은 생명을 얻고 문장에서 튀어나와 동물로 변신할 테니까요. 알파벳 철자는 우리가 이해할 수 없는 상상 속 동물과 같습니다. 개별존재로서 그것은 어떤 의미도 지니지 않아서 예측할 수가 없어요. 단어는 오직 철자의 조합을 통해서만 생겨나죠. 표의문자는 분해할 수 없지만, 알파벳으로 쓰인 단어는 모두 즉시 분해해 새롭게 조합할 수 있습니다. 표면적이고 기술적인 이러한 작업을 통해서만 문장 전체의 의미를 파괴할 수 있는 거죠. 철자를 달리 배열하면, 전적으로 다른 의미가 생겨납니다. 애너그램* 예술의 기저에는 알파벳 마술이 있는 셈이죠.

제가 이따금 생각하는 우니카 취른의 아름다운 애너그램 시가 있습니다. 이 시에서는 놀이의 금지, 어쩌면 언어유희의 금지가 다루어지는지도 모릅니다. 장난꾸러기 정령은 알파벳 철자가 쌀알이나 모래알처럼 여기저기 흩어져 있는 축축하고 어두운 정원을 헤매고 있습니다.

* 애너그램이란 단어나 문장을 구성하고 있는 문자의 순서를 바꾸어 생겨난 다른 단어나 문장을 가리킨다. 예를 들면 '죽'이라는 의미를 지닌 독일어 단어 'Brei'는 철자의 순서를 바꾸면 '맥주'를 의미하는 'Bier'라는 단어로 바뀌는데 이것이 애너그램이다.

아이들의 놀이는 엄격히 금지되었다네.

싫증이 난 장난꾸러기 정령은 어두운 빗속을 헤매네,

조끼를 입고 빙빙 도는데 싫증이 나서. 그는 바이올린을 켜며

정원을 쳐다보네. 장난은 호랑이의 입맞춤을 허용했지.

애들아, 점프를 구해내렴! '쌀, 모래…'라고 나지막이 말하렴.

별의 정령을 아껴줘! 떠돌아다니는 시간이 슬퍼하네.

아이들의 놀이는 엄격히 금지되었다네.

Das Spielen der Kinder ist streng untersagt.

Satt irrt der Spassgeist in den Dunkelregen,

satt des Kreisens in Polunder. Geigend starrt

er in den Garten. Der Spass litt den Tigerkuss.

Kinder, rettet den Sprung! Sagt leis: Reis, Sand...

Spart die Genien des Sterns! Irrstunde klagt.

Das Spielen der Kinder ist streng untersagt.[13]*

알파벳 철자를 세상에 내놓는 것은 위험할 수 있습니다. 작가, 더 정확히 말하면 텍스트의 식자공은 그것이 무엇으로 변할지 알 수 없으니까요. B라는 철자를 쓰면 그것은 꽃이 될 수 있지만, 폭탄도 될 수 있죠.** 알파벳 철자는 모두 그렇게 신뢰할 수 없고 예측 불가능하며 놀라움을 줍니다.

언젠가 나무의 정령에 관한 이야기를 쓴 적이 있어요. 도시의 성벽을 쌓기 위해 오래된 나무를 벤 까닭에 사람들은 나중에 나무 정령의 분노를 가라앉혀야만 했지요. 저는 이 이야기를 제 책 가운데 한 권에 실을 예정이었어요. 그런데 교정쇄를 받아보니 '나무 정령Baumgeister'이라는 단어가 있어야 할 자리에 '건축가Baumeister'라는 단어가 있는 거예요. 단지 'g'라는 철자 하나가 그 단어에서 빠져나갔을 뿐인데, 텍스트 전체가 뒤바뀌어버렸죠. 왜냐하

* 이 애너그램 시에서는 행마다 특정 철자가 동일한 수로 사용된다(A2, D3, E6, G2, I3, K1, L1, N4, P1, R4, S5, T4, U1). 일정한 수의 철자들의 조합을 달리함으로써 행마다 새로운 문장을 만들어내는 것이다.

** 독일어로 꽃은 'Blume'이고, 폭탄은 'Bombe'다.

면 원래는 도시의 성벽을 건설한 후에 건축가는 집으로 가고, 베어낸 나무들에 대한 희생제물을 요구하는 정령들이 등장해야 했기 때문이에요. 그런데 그 대신 건축가가 돌아와 나무의 정령들을 몰아내버린 거죠. 그런 오타에 나타난 철자의 예측 불가능성을 보니 섬뜩한 기분마저 드네요. 심지어 알파벳 철자가 어떤 의도를 지닌 것은 아닌가 하는 생각이 들 때도 가끔 있어요.

그래서 컴퓨터의 알파벳 자판을 칠 때면 항상 불안한 마음이 듭니다. 특히 컴퓨터로 일본어 텍스트를 작성할 때면, 타자하는 제 손가락은 개울을 건너기 위해 거기에 놓인 돌들을 뛰어넘는 다리와 비슷합니다. 돌은 흔들거리며 뒤집힐 수 있습니다. 그렇게 되면 몸이 균형을 잃고 물속에 빠지게 되죠. 일본어로 글을 쓸 때는 우선 텍스트를 유럽의 알파벳으로 입력하는데, 그러면 컴퓨터가 그것을 표의문자와 음절문자로 변환합니다. 제 문서 프로그램에는 약 8500개의 표의문자가 들어 있어요. 하지만 이러한 변환이 늘 제대로 이루어지는 것은 아니에요. 무엇보다 컴퓨터는 때때로 제가 원하는 것과 달리 복합어를 분리하죠. 매번 일터shigotoba라는 단어를 쓸 때마다 ('shigoto'는 '일'을 의미하고 'ba'는 '터'를 의미합니다), 컴퓨터는 'shigo(사후死後의)'와 'toba(새의 깃털)'로 입력합니다. 그래서 이제는 매번 일터를 생각할 때마다 '사후의 새의 깃털'이라는 표현을 떠올리게 됩니다. 비밀kakushigoto이라는 개념 역시 컴퓨터는 'kaku(쓰다)'와 'shigoto(일하다)'로 잘못 변환합니다. 어쩌면 컴퓨터는 제게 글쓰기가 비밀을 만들어낸다고 말하고 싶은 것일지도 모릅니다. 글쓰기란 우선 알파벳의 무한한 변신 능력을 생각하지 않은 채 철자를 놓음으로써 알파벳의 신체를 세상에 내놓는 것이니까요.

하지만 제가 표의문자를 능수능란하게 다룰 수 있다고 믿는다면, 이는 착각에 지나지 않을 거예요. 중국문자에 대한 기원 신화는 불확실성, 심지어 해독 불가능성에 대해 이야기하고 있으니까요. 그 기원 신화에 따르면 첫 번째 표의문자를 발명한 사람은 새의 발자국에 영감을 받았다고 합니다. 지금까지 발견된 가장 오래된 중국의 표의문자들은 거북이 등껍질이나 동물 뼈에 새겨졌습니다.

한편으로 이 고대문자['코코츠모지(갑골문자)']는 제게 신뢰감을 줍니다. 그 가운데 몇몇 기호는 오늘날 사용되는 기호와 유사하기 때문이죠. '다리', '조개' 또는 '배' 같은 기호는 심지어 알아볼 수도 있습니다. 다른 한편 저는 새의 발자국을 거듭 생각하지 않을 수 없어요. 그것은 인간의 생각에서 유래한 것이 아니며 그래서 영원히 우리에게 접근할 수 없는 것으로 남아 있습니다.

일반적으로 균열과 틈은 제게 글자를 연상시킵니다. 저는 메마른 들길, 나무 문 또는 가죽 가방의 표면에서 H, I, L, F, E 같은 글자를 발견합니다. 중국의 표의문자와 달리 알파벳은 누군가가 읽어주기를 기다리는 자연문자의 특징을 가지고 있어요. 아담의 후예는 이러한 기호들을 읽을 수 있지만, 그것들은 늘 다시 의미로부터 달아나버리죠.

가끔 저는 제 손을 바라보며 피부 표면에 새겨진 알파벳 철자를 모두 발견하려고 합니다. 문자 그대로 손금 읽기죠. 거기서 I를 발견하기는 쉽습니다. C를 찾는 것은 좀 더 어렵지만, H를 찾는 것은 일도 아니죠. 제가 나이를 먹어 손에 주름이 더 늘어난다면, 이 놀이를 좀 더 쉽게 끝낼 수 있을 거예요.

만일 알파벳으로만 이루어진 몸을 갖는다면 생명이 위험할 수 있을 겁니다. 그러한 몸은 쉽게 떨어져 나갈 수 있을 테니까요. 언젠가 저는 텍스트를 하나 쓴 적이 있는데 거기서는 고트하르트 터널이 중요한 역할을 합니다.

"갑자기 햇빛이 유리창을 뚫고 들어왔다. '아이로로Airolo'. 이 명칭에는 O라는 철자가 두 개 들어 있는데, 그것은 마치 내가 막 지나온 터널 출구의 형태를 모방하려는 것처럼 보였다. 둥근 터널 출구는 아이로로 이후로 계속해서 지명에 등장했다. 라보르고Lavorgo, 조르니코Giornico, 보디오Bodio 등. 나는 어디로 갈지 정하려고 지도를 쳐다보았다. 코르노Corno 아니면 로카르노Locarno로 갈 것이다. 그런데 이 명칭에도 O라는 철자가 각각 두 번씩 나왔다. 이 모든 지명은 내게 오직 터널 입구만을 연상시켰다. 나는 문뜩 내가 바라는 것은 오직 괴셰넨Göschenen으로 돌아가는 것뿐이라는 것을 깨달았다."[14]

어느 낭독회에서 이 텍스트를 낭독한 후에, 한 청중이

제게 요코Yoko라는 제 필명에도 두 개의 O가 들어 있다고 알려주었습니다. 저는 그것을 의식하지 못하고 있었습니다. 그 말을 듣자 문자가 제 몸에 미치는 힘을 느꼈고 몸이 O라는 철자로 변하려고 했죠. 두 개의 터널 입구가 텍스트를 지나 제 몸 안까지 뚫고 들어온 것입니다. 그 순간 저는 제 이름을 재빨리 표의문자로 바꿔 썼어요. 그것이 마치 새로운 호신술이라도 되는 것처럼 말이죠. 'Yo'라는 글자는 '나뭇잎'을, 'Ko'라는 글자는 '아이'를 의미합니다. 이것이 마치 구원이라도 되는 것처럼 저는 이렇게 생각했습니다. 이 두 개념을 터널 구멍과 동일시할 수는 없을 텐데, 그것이 의미로 채워진 표의문자들이기 때문이지. 설령 Yo라는 글자를 Ko라는 글자와 분리하더라도 의미는 해체되지 않습니다. 몸을 표의문자로 바꾸면서 저는 알파벳으로 분해될 위험에서 벗어납니다. 철자는 번역할 수 없어요. 본래 절대로 번역할 수 없는 것은 텍스트가 아니라 글자입니다. 제가 어떤 텍스트를 의미에 맞게 번역하려고 하면, 우선 철자의 몸으로부터 멀어지게 되지요. 저는 독일어 문장을 소리 내서 읽고, 발화된 내용을 생각의 이미지로 옮긴 후 이 이미지를 일본어로 묘사하려고 시도합니다. 이것은 의사소통적 번역이기는 하지만, 문학적 번역은 아니에요. 문학적 번역은 번역언어가 관습적인 미학을 파괴할 때까지 강박적으로 글자 그 자체의 성질을 쫓아야 해요. 문학적 번역은 번역 불가능성에서 출발하며, 그것을 제거하는 대신 제대로 다룰 줄 알아야 합니다.

번역을 비판하기는 쉬워요. 특히 현대 시와 관련해서 교양 있고 교만한 독자들은 번역자의 번역이 지닌 결함에 대해 말하기를 좋아합니다. 그런데 이때 번역이 번역 불가능성을 다룬다는 사실은 빈번히 간과되곤 하죠. 흥미로운 전이, 신선한 왜곡 또는 자신의 언어로의 착란적인 전위轉位는 오히려 번역이 거둔 성과라고 할 수 있을 거예요.

다른 한편 번역을 칭찬하는 것도 마찬가지로 쉽습니다. 평범한 사람들은 번역어가 자연스럽게 들리면 번역을 칭찬하죠. 그러한 번역은 독자에게 그것이 번역이라는 사실을 잊게 만든다는 거예요. 그런데 이러한 칭찬은 왜곡

된 논리를 보여줍니다. 문학이 좋은 이유가 그것이 문학임을 거의 잊게 만들기 때문이라고 사람들이 말하지는 않으니까요.

제게 번역이 지닌 매력은 그것이 독자에게 전혀 다른 언어의 존재를 느끼게 한다는 점에 있어요. 번역어는 텍스트의 표면을 신중하게 탐색하지만, 그 텍스트의 핵심에 의존하지는 않습니다.

심지어 번역이 아니면서도 번역처럼 보이는 텍스트도 있습니다. 클라이스트가 가끔 그런 텍스트를 썼죠. 카프카도 마찬가지예요. 이 작가들에게는 원본 없이 번역 텍스트를 쓰는 능력이 있었습니다. 아래에 나오는 클라이스트의 문장을 처음 읽었을 때, 저는 그것이 어떤 비밀언어의 번역이 아닌가 생각했습니다.

"자신보다 지위가 낮은 것처럼 보이는 알트 휘닝겐 가문의 카타리나 폰 헤어스브루크 백작부인과 내연 관계를 맺은 후, 이복동생인 붉은 수염 야콥 백작과 적대적인 관계 속에 살고 있던 빌헬름 폰 브라이자흐 공작은, 14세기 말경 성 레미기우스 축일 밤이 저물기 시작했을 때 보름

스에서 독일 황제를 만나고 돌아왔는데, 이 회합에서 정실 자식이 다 죽고 없던 그는 황제로부터 자신의 지금 아내와 혼전에 낳은 사생아인 필립 폰 휘닝겐 백작의 적통성을 인정받았다."[15]

저는 무수히 많은 삽입된 부문장들을 허용하는 허구적인 원본의 언어를 생각해내야 했습니다. 마치 러시아 인형처럼 한 문장을 다른 문장 속에 집어넣고, 이 문장에 다시 또 다른 더 작은 문장을 집어넣을 수 있을 것입니다. 그런 언어에서는 마치 길 위를 지나가듯이 앞으로 달려갈 수 없을 거예요. 그 대신 독자는 인형을 열어 더 작은 인형을 꺼내고 그런 다음 이 인형을 다시 열어 더 작은 인형을 꺼내야 해요. 어느 순간엔가 손에 가장 작은 인형을 들고 있게 되겠지만, 그때는 이미 가장 큰 인형의 모습은 잊어버리게 되겠죠. 그러면 정반대로 더 작은 인형을 그 다음으로 큰 인형 안에 집어넣어야 합니다. 다시 모든 인형이 가장 큰 인형 안에 들어가 있을 때까지 말이에요. 하지만 원래는 이 과정이 훨씬 더 복잡합니다. "빌헬름 폰 브라이자흐 공작"은 문법적으로 보면 가장 큰 인형으로서 자신 안에 하나의 인형뿐만 아니라 백작부인과 이복 동생이라는 두 개의 더 작은 인형을 가지고 있기 때문이죠. 백작부인과 내연관계를 맺고 나서부터 공작은 이복동생과 적대적인 관계 속에서 삽니다. 독일어의 문법적인 위계질서에 따라 백작부인은 이복동생보다 밑에 있는데, 이는 그녀가 다시 관계문에 삽입된 부문장 속에서 살고 있기 때문이죠. 그녀의 존재는 공작이 자신의 이복동생과 언제부터 적대적 관계를 맺으며 살고 있는지를 나타내는 시간적 정보로 사용될 뿐입니다. 다른 한편 백작부인은 이복동생보다 먼저 언급됩니다. 또한 그녀는 그보다 힘이 더 셉니다. 그녀가 긴 문장을 통해 자기 아들을 적자로 인정받게 하고 있으니까요. 그 밖에 특이한 점은 백작부인과 공작 사이의 관계에 대한 묘사와 그가 이복동생과 맺고 있는 적대관계의 묘사가 '함께'라는 동일한 전치사로 시작된다는 점이에요. 또한 아이를 낳는다는 말 앞에도 '함께'라는 의미의 전치사가 나옵니다. 이 긴 문장은 제게 마치 누군가가 가지가 많이 달린 한 그루의 나무를 한 번의 붓 터치로 그려내려고 시도한 것처럼 보여요. 단순한 족보를 언어적으로 재현하는 것만 해도 대단히 어려운 일입니다. 이것은 다음의 예처럼 모계를 언급하지 않을 때만 가능합니다. "아브라함은 이삭을 낳았고, 이삭은 야곱을 낳았다. 야곱은 유다와 그의 형제들을 낳았다." 하지만 그 밖에 은밀한 또는 허구적인 혼외정사를 서술하려고 한다면, 이 이야기들을 선형적인 서술 형태로 바꾸기는 아마 힘들 것입니다. 이러한 전이의 불가능성 때문에 텍스트 곳곳에 생산적인 빈틈이 생겨납니다.

「멍하니 밖을 내다보다Zerstreutes Hinausschaun」라는 카프카의 짧은 산문 텍스트를 읽고 나서 저는 즉시 고대 일본어 텍스트의 번역을 떠올렸습니다. 그 이유가 무엇인지는 오랫동안 알지 못했죠.

"이제 곧 닥쳐올 봄날에 우리는 무얼 하게 될까? 오늘 아침 하늘은 잿빛이었지만 그래도 이제 창가에 다가갈 때 깜짝 놀라서 창문 손잡이에 뺨을 기댄다. 창문 아래엔 당연히 벌써 지기 시작한 태양이 주위를 둘러보며 걷고 있는 천진난만한 소녀의 얼굴에 빛을 비춘다. 동시에 뒤이어 그 소녀를 급히 뒤쫓아가는 한 남자의 그림자가 보인다. 그 후 그 남자는 벌써 지나가버렸고 그 아이의 얼굴은 아주 밝다."[16]

미술관에서 발걸음을 한 그림에서 다음 그림으로 옮기는 것처럼, 제 시선은 한 단어에서 다음 단어로 옮겨갔습니다. 그것은 '봄', '급히', '태양', '주위를 둘러본다', '그림자', '얼굴' 그리고 '밝은' 같은 단어였어요. 갑자기 저는 이 텍스트가 왜 다른 문자체계의 번역처럼 여겨지는지를 알게 되었어요. '봄', '급히', '태양', '주위를 둘러본다', '그림자', '얼굴' 그리고 '밝은' 같은 개념은 모두 중국 표의문자로 옮기면 그 안에 '태양'을 뜻하는 글자를 담고 있어요. ('오모', '오모테', '멘' 또는 '츠라'라고 발음하는) 얼굴을 의미하는 글자 안에 태양을 의미하는 글자가 들어 있다는 사실을 저는 이 글자들을 이렇게 열거하면서 처음 알게 되었죠. 소녀의 얼굴에 태양의 빛이 보이는 거예요. 카프카가 이러한 표의문자들을 알았다고 말하려는 것은 절대 아니에요. 오히려 저는 어떤 문학 텍스트가 사실 번역인 그 텍스트의 토대가 될 수 있는 원본 텍스트를 나중에 발견할 수 있을 거라고 추측합니다. 일반적으로 발견되고 발명될 수 있는 여러 원본 텍스트가 존재하지요.

카프카의 『변신』에 나오는 갑충 역시 어떤 글자의 번역일 수도 있습니다. 어쩌면 갑충의 형태를 지닌 어떤 이집트 히에로글리프 문자의 번역일지도 모르죠.

꿈에서 사용하는 언어와 관련해 즐겨 하는 질문이 있습니다. "당신은 어느 나라 말로 꿈을 꾸시나요?" 하지만 꿈에서 낯선 언어를 말한다고 해서 그것이 특별한 일은 아니에요. 발화된 언어는 재빨리 입으로 미끄러져 들어가 다시 입에서 튀어나올 수 있으니까요. 한 언어를 꿈에서 사용하기 위해 그것을 자신의 몸에 동화시킬 필요는 없어요. 이와 달리 문자는 몸에 자리를 잡기까지 오랜 시간이 걸리죠. 문자는 더 깊숙이 자리 잡고 있어서 거의 읽을 수가 없습니다. 언젠가 저는 꿈에서 이마에 각각 두 개의 점이 있는 사람을 본 적이 있어요. 그것은 틀림없이 움라우트*를 나타내는 점이었는데, 왜냐하면 꿈속에서 제

* 독일어 모음 가운데 ä, ö, ü가 있는데, a, o, u라는 철자 위에 표시된 두

가 독일에 있다는 것을 즉시 알아차렸기 때문이죠. 일본의 음절문자에도 두 개의 점이 있어요. 그러나 그것은 글자의 어깨에 있지 글자의 눈 위에 있지는 않아요. 제 꿈에는 반복해서 등장하는 풍경도 있습니다. 예를 들면 제가 여러 꿈에서 그 위를 지나가야만 했던 언덕진 폐허의 풍경이 그것이죠. 그곳은 대개 더웠고 제게는 여러 걱정거리가 있었어요. '근심Kummer'과 '폐허Trümmer'는 항상 '여름Sommer'에 나타납니다. 이 단어들에는 중간에 두 개의 'm'으로 이루어진 일련의 둥근 언덕이 들어 있어요. 일례로 제가 독일어로 꾼 꿈들은 그러한 모습이죠. 그래서 저는 꿈꾸는 한 이방인 여성에게 던져진, 꿈에서 사용한 언어에 대한 질문을 달리 표현하고 싶습니다. 제 질문은 다음과 같을 거예요. "당신은 어떤 문자로 꿈을 꾸시나요?"

개의 점을 독일어로 '움라우트'라고 부른다.

저는 글을 쓰면서 철자를 놓습니다. 이 말은 좀 이상하게 들리지만, 철자를 쓰는 것은 텍스트를 쓰는 것과는 다른 행위예요. 그 때문에 저는 '놓다'라는 단어를 사용하죠. 비록 제가 식자공은 아니지만 말이에요. 종이 위에 철자를 놓는 이유는 텍스트를 생성하기 위한 장소를 만들기 위해서예요. 바닥과 명상의 경우도 이와 비슷하죠. 바닥은 명상과 아무런 관련이 없지만, 사람이 앉을 수 있는 바닥이 없다면 명상하기 힘들 거예요.

철자는 가끔 안전한 바닥이 아니라 제 길을 가로막고 있는 장애물처럼 보여요. 글을 계속 쓰면서 저는 더 많은 장애물을 갖다 놓습니다. 제가 글을 쓰면서 철자를 놓는 것은 피할 수 없는 모순입니다.

기다려, 잠시만 더 기다려

그런데 글을 쓰면서 정말 철자를 놓는 걸까요? 제게는 글을 쓰기 위해서 우선 철자를 종이 위에 놓는 것처럼 보입니다. 저는 제가 무엇을 쓰려는지 아직 정확히 모르지만 철자를 놓으면서 이미 텍스트를 시작하고 있는 거예요. 하지만 가끔은 정반대이기도 해요. 저는 이미 오래전부터 글을 쓰는 상태에 있으며 나중에 철자를 놓는 것이죠.

글 쓰는 상태에 들어서는 것은 쉽지 않습니다. 똑같은 시도가 매일 아침 반복되죠. 우선 향을 피워야 해요. 이러한 향기의 도움으로 잠을 자느라 중단되었던 집필 시간을 다시 이어나가려고 하는 것이죠. 마테차는 이미 책상 위에 놓여 있어야 합니다. 남아메리카의 감탕나무를 가리키는 표현인 '마테'는 제게 일본어 단어인 '마테(기다려!)'를 연상시키니까요. 글쓰기 전에 이루어지는 모든 사소한 행위는 제게 마치 "기다려! 아직 글을 쓸 때가 아니야"라고 말하는 빨강 신호등처럼 여겨집니다. 그 전에 집필실의 위쪽에 있는 왼쪽 창문을 열어야 합니다. 그런 다음 자리에 앉아서 필기구를 정리하고 손뼉을 두 번 쳐야 하죠. 집필을 시작하기 전까지 저를 붙잡아두는 제의적 행동들은 일상적인 상태에서 다른 상태, 즉 글쓰기의 상태로 넘어가기 위해 반드시 필요한 것처럼 보입니다. 결국 철자를 놓는 것도 글쓰기 상태에 도달하는 데 필요한 제의일지 모릅니다.

다도처럼

철자는 인간의 머릿속에도 들어 있습니다. 눈을 감으면, 곧바로 눈꺼풀 뒤편에 글자의 희미한 그림자가 보입니다. 좀 오래 쳐다보면 그것이 모두 일본 글자, 즉 표의문자와 음절문자라는 사실을 확인할 수 있죠. 그렇다면 알파벳은 어디에 있는 걸까요? 이상하게도 제 몸 안의 화면에서는 알파벳을 볼 수 없습니다. 제가 주로 독일어로 생각하는데도 말이죠. 독일어로 생각하게 된 이후로 저는 대화 형식으로 생각합니다. 그때는 말하고, 토론하고, 논거를 제시하고, 묻고, 대답하거나 이의를 제기합니다. 이 경우에 저는 단 하나의 철자도 이미지로 떠올리지 않습니다.

알파벳은 제게 대상으로 존재하며 제 신체 바깥에 위치합니다. 그래서 독일어로 글을 쓰는 것은 종종 서른 개의 작은 물건을 가지고 하는 다도처럼 느껴지죠. 차를 담는 통 'D', 찻잔 'U', 주전자 'K', 부집게 'Y', 숟가락 'L' 등이 있는데요. 미리 정해진 순서에 따라 이것들을 집어 들어야 합니다. 또한 어디에서 쉬어야 할지도 정해져 있습니다.

붓과 PC로부터

철자는 생각에 영향을 미칩니다. 글로 쓰면 단지 머릿속에서만 생각한 것과는 전혀 다른 요소들이 텍스트 안으로 흘러들어오죠. 제가 머릿속에서 제2의 자아와 대화를 나누는 동안 언어는 의사소통적이고 논리적이며 명료한 것으로 남아 있어요. 하지만 철자를 쓰면, 그것은 부분적으로 이해할 수 없는, 귀신이나 꿈과 유사한 상으로 변하죠. 철자는 논증의 흐름을 파괴하고, 테제를 뒤집으며, 더는 주제를 알아볼 수 없을 정도로 많은 이미지를 그 안으로 끌어들입니다. 텍스트를 끝마치기 위해서 작가는 이러한 귀신을 없애야 해요. 화면에서 철자를 사라지게 하는 것은 어렵지 않아요. 하지만 어떤 철자가 훼방을 놓는 귀신이고, 어떤 철자가 텍스트를 위한 초석이 되는 걸까요? 이 둘을 분리하는 것은 거의 불가능해요. 더 정확히 말하면, 모든 기호가 동시에 두 가지 다인 것처럼 보이죠. 저의 생각을 점잖게 따라다니며 전달하는 그런 철자들이 갑자기 귀신으로 변할 수 있어요. 그러면 저는 아직 단단히 고정되지 않은 텍스트의 선로에서 미끄러져 나와 화면의 푸른 대양 속에 빠지게 되죠.

한편으로 화면 속의 철자는 쉽게 삭제될 수 있지만, 다른 한편으로 그것이 정말 사라졌는지 아니면 단지 바닷속에 숨어 있다가 예기치 않게 다시 나타날지는 결코 확실하지 않습니다. 이러한 불확실성은 화이트나 지우개로 지울 때는 존재하지 않는데, 교정한 흔적이 다소간 남아 있기 때문이죠. 화이트는 눈 덮인 언덕을 남깁니다. 지우개의 경우에는 연필의 흔적이 피부에 남아 있는 오래된 꿰맨 자국을 떠오르게 하죠. 그것을 옆에서 비추면 번쩍거립니다. 하지만 항상 붓으로 글을 쓰셨던 제 할아버지는 이러한 흔적을 별로 분명하다고 느끼지 않으셨죠. '한번 쓴 것을 지워서는 안 돼'라고 할아버지는 말씀하셨어요. 그래서 할아버지가 글씨를 잘못 쓰면, 그 글자에 줄을 긋고 그 옆에 새 글자를 썼어요. 그는 붓과 먹으로 글을 써서 자연히 글쓰기가 제의적 성격을 띠게 되었죠. 우선 작은 주전자로 벼루의 움푹 파인 곳에 약간의 물을 부어야 해요. 그다음에 그 물이 새까맣게 될 때까지 먹을 갈아야 하죠. 그것은 시간이 좀 걸려요. 그런 후에 붓을 조심스럽게 먹물 안에 담그죠. 모든 글자마다 획을 긋는 순서가 정해져 있어요.

제게 화면 위의 철자는 종이 위의 붓글씨보다 더 귀신처럼 느껴져요. 철자는 그곳에 있으면서도 없으니까요. 그것은 단지 전자적인 물의 표면에 있는 그림자이거나 언젠가 물속에서 사라져버렸던 대상에 대한 기억일 뿐이에요. 그것은 무게를 지니지 않으며, 지금은 여기에 있다가 다음 순간에는 멀리 떨어진 장소에서 다른 컴퓨터에 나타날 수 있어요. 마치 귀신처럼 말이죠.

철자 귀신과 다른 귀신들

무수히 많은 형태의 귀신이 있지만, 일본에서는 일반적으로 이를 세 부류로 구분합니다. 첫 번째 부류는 '요카이

妖怪'라고 불리는 귀신인데, 이것은 아주 특이한 형체를 띠고 있습니다. 두 번째 부류는 '헨게変化'라고 불리는, 다른 존재로 둔갑한 귀신입니다. 세 번째 부류인 '유레이幽靈'는 자신의 육신에서 떨어져 나온, 산 자와 망자의 영혼으로 이루어져 있습니다. 이 유레이라는 귀신이 어떤 목적을 가지고 특정한 사람 앞에 나타나는 반면(빈번히 어떤 전달할 내용을 가지고), 요카이와 헹게는 특정한 장소와 결부되어 있습니다. 전통적인 귀신이 존재할 뿐만 아니라, 끊임없이 새로운 귀신이 등장하기도 합니다. 컴퓨터 귀신이 제게 나타난 것은 2년 전입니다. 그 당시에 저는 컴퓨터를 하나 샀는데, 그 컴퓨터로 독일어 텍스트뿐만 아니라 대략 8500개의 글자를 이용해 일본어 텍스트도 쓸 수 있었죠. 그 당시에 제게 이 기계를 판매했던 기술자는 '철자 귀신'에 대해 이야기해주었어요. 원칙적으로 이 프로그램을 이용해 두 개의 문자체계 내에서 아무 문제 없이 움직일 수 있지만, 가끔 특정한 영역 내에서 알파벳의 몇몇 철자들이 갑자기 일본어 철자로 바뀌어버리는 일이 일어나곤 한다는 거예요. 이러한 현상을 철자 귀신이라고 부른다고 합니다.

제가 처음 제 눈으로 이 귀신들을 보았을 때 섬뜩한 기분이 들었어요. 당시에 독일어 움라우트가 갑자기 'f'나 'ch'와 결합하여 표의문자로 변신했죠. 제 텍스트 한가운데에 등장했던 이 글자들은 환호, 괴롭힘, 재채기를 의미했습니다. 마치 텍스트의 표면 아래에 사는 작은 귀신들이 저를 괴롭히며 환호하는 것처럼 보였죠. 만일 내가 쓰고 있는 모든 독일어 텍스트 밑에 수많은 표의문자의 귀신들이 살고 있어서 어떤 계기를 통해 표면에 나타날 수 있다면. 이러한 생각이 저를 괴롭히다가, 이 귀신들이 어쩌면 제가 남들이 이해할 수 있는 독일어 텍스트를 쓰기 위해 억눌러야만 했던 이미지와 리듬, 운동방식을 구현할지 모른다는 생각이 들었어요.

모든 철자는 사람의 등과 같아요. 그것은 언제든지 자신의 몸을 돌릴 수 있지요. 자신이 쓴 텍스트의 마지막 철자 하나까지 다 잘 알고 있을 거라고 믿는 작가는 착각하고 있는 거예요. 철자가 몸을 돌리면 낯선 얼굴이 나타나니까요.

귀신 이야기가 하나 떠오르네요. 그 이야기에서는 한 젊은 남자가 밤에 인적이 드문 길에서 눈도 코도 입도 없는 한 여성을 만나게 되죠. 그는 놀라 달아나다가 간이식당을 지나치는데, 거기서 한 노인이 그에게 등을 돌린 채 국수를 요리하고 있는 거예요. 그 젊은 남자는 노인에게 자신이 겪은 소름 끼치는 경험을 이야기하죠. 노인은 그 이야기를 듣고 몸을 돌려 혹시 그 여자가 자신과 닮지 않았는지 묻습니다. 그의 얼굴은 마치 아무것도 쓰이지 않은 백지 같은 여자의 얼굴과 똑 닮았습니다.

화면 속의 죽은 의사

컴퓨터는 귀신에게 호의적인 장소예요. 컴퓨터로 일본어를 쓰려면, 일본어 음절문자를 사용하거나 변환 기능에서 유럽 알파벳을 사용해 텍스트를 입력해야 하죠. 그러면 컴퓨터가 그것을 표의문자로 변환합니다. 일반적인 컴퓨터에는 8500개의 자판이 없어서 표의문자를 직접 타자할 수는 없습니다. 하지만 알파벳을 표의문자로 변환하는 작업이 항상 올바로 이루어지는 것은 아니에요. 무엇보다 컴퓨터는 가끔 제 의도와 달리 복합어를 분리하곤 하죠. 제가 '침대칸shindaisha'이라는 단어를 쓸 때마다('shin'은 '자다'를, 'dai'는 '눕는 자리'를, 'sha'는 '칸'을 의미합니다), 컴퓨터는 'shinda(죽은)'와 'isha(의사)'라고 옮깁니다. 그러자 갑자기 아직 매장되어 있어야만 하는 죽은 의사가 화면에 누워 있게 됩니다. 하지만 프로그램의 오류로 생겨난 모든 망자를 화면에 매장한다면, 화면은 곧 더는 밤에 지나가고 싶지 않은 공동묘지와 비슷해질 거예요. 그때 제가 이미 오래전에 잊어버렸던 어떤 꿈이 기억났어요. 저는 침대칸의 침대에 누워 있었고, 제 밑에는 어떤 남자가 누워 있었죠. 그를 볼 수는 없었지만 저는 그가 죽은 채 하얀 가운을 입고 있다는 사실을 알고 있었어요. 이처럼 컴퓨터 자판을 타자함으로써 잊힌 꿈을 기억 속으로 다시 불러낼 수 있습니다.

제 컴퓨터가 항상 잘못된 표의문자로 전환하는 또 다른 단어는 '문학상bungakusho'입니다. 그런데 컴퓨터는 '문학bungaku'과 '상sho'이라고 쓰는 대신에 항상 'bun', 'ga', 'kusho'라고 쓰죠. 이로부터 "문장들이 씁쓸한 미소를 짓는다"라는 의미의 온전한 문장이 생겨납니다. 틀림없이 컴퓨터는 특정한 문학상들에 대해 씁쓸하게 미소를 지을 거예요. 따라서 귀신들은 기이한 괴물일 뿐만 아니라 억압된 생각이기도 해요. 제가 글을 쓰는 동안 철자 귀신들은 그런 기발한 생각으로 저를 혼란에 빠뜨리죠. 그들은 계속해서 텍스트의 표면에서 움직이고 얼굴을 찡그리며, 인상을 쓰거나 큰 소리로 웃음을 터뜨립니다. 글을 쓰는 사람은 컴퓨터라는 집의 제단 앞에 당당하게 앉아 자신의 감정에서 해방되어 계속해서 섬뜩한 철자를 놓아야 해요. 그리고 제의를 끝까지 수행해야만 하죠.

3강

/

물고기의 얼굴 또는 변신의 문제

물고기의 얼굴은 어디서 시작되어 어디서 끝나는 걸까요? 로포텐 제도 근처에서 한 어선을 타고 있었을 때 문뜩 이런 질문이 떠올랐습니다. 거의 재봉틀 크기만 한 물고기 한 마리가 바다에서 막 건져 올려졌지요. 저는 물고기의 생기 없는 눈을 쳐다보았어요. 주둥이와 아가미, 물에 젖어 번쩍이는 비늘로 덮인 배의 옆면이 힘겹고 불규칙하게 그리고 격렬하게 숨을 쉬고 있었지요. 그 물고기의 몸 전체가 하나의 얼굴처럼 보였어요. '얼굴'이라는 단어는 사전에 나온 정의에 따르면 "눈, 코, 귀가 달려 있으며, 턱에서 이마의 끝에 이르는 사람의 머리의 앞면"을 의미한다고 합니다. 그런데 물고기의 앞면은 어디지 하고 저는 자신에게 물어보았습니다. 물고기에게 얼굴은 있지만, 앞면은 없으니까요.

그런데 사전에 나온 정의를 읽고서 놀라지 않을 수 없었어요. 사전에는 "인간의" 머리라고 명시되었기 때문이죠. '얼굴'이라는 독일어 단어가 단지 인간과 관련해서만 사용될 수 있다면, 물고기의 얼굴에 관해 질문한 것 자체가 잘못된 것이었습니다. 물론 개의 입은 주둥이라고 부르고 '거주하다'라는 단어는 동물에게 사용할 수 없다는 사실은 이미 알고 있었지만, 물고기가 얼굴을 가질 수 없을 거라는 생각은 단 한 번도 해본 적이 없었거든요.

그런데 엄밀히 말해 얼굴은 신체의 한 부분을 가리키는 것과는 다른 것이어야 합니다. 발터 벤야민의 다음 텍스트 구절을 읽고 나서 이런 인상이 더욱 강해졌지요. 그 구절이 다루는 내용은 열정적으로 다양한 물건들을 수집하는 아이들에 관한 것이었습니다.

"너저분한 아이. 그 아이가 발견하는 모든 돌, 나무에서 꺾은 모든 꽃, 붙잡은 모든 나비는 그에겐 이미 수집의 시작이다. 그가 소유한 모든 것이 그에게 유일무이한 수

집품이 된다. 이 아이에게서 이러한 열정이 자신의 진정한 얼굴, 엄격한 인디언의 시선을 드러낸다. 그러한 시선은 골동품상이나 연구자 또는 독서광에게서 흐릿하게만 광적으로 계속 불타오르고 있다. 아이는 삶에 들어서자마자 사냥꾼이 된다. 아이는 유령을 쫓아다니는데, 사물 속에서 그러한 유령의 흔적을 알아채곤 한다. 유령과 사물 사이를 오가느라 수년의 시간이 흘러가고, 그사이 그의 시야는 인간들에게서 자유로워진다. 아이는 꿈속에서 사는 것처럼 지낸다. 그는 영속적인 것을 알지 못한다. 온갖 일들이 자신에게 일어나고, 자신과 맞닥뜨리며 우연히 자신에게 닥쳐온다고 그는 생각한다. 그의 유목민 시절은 꿈의 숲에서 보낸 시간이다."[17]

위의 인용문에서는 결코 수집가의 얼굴이 그의 열정을 표현한다고 이야기되지 않습니다. 정반대로 열정이 수집가에게서 자신의 얼굴을 드러낸다고 하죠. 이때 사람의 몸은 열정을 드러낼 수 있는 매개체 역할을 합니다. 인간에게서 자유로워진 시야는 마치 스크린처럼 영상을 수신해서 보여줄 수 있습니다. 이렇게 저는 얼굴에 대한 새로

운 정의에 도달하게 되었습니다: '얼굴이란 눈에 드러나게 된 어떤 것이다.'

열정이 하나의 얼굴을 지닐 수 있듯이, 도시도 하나 또는 여러 개의 얼굴을 가지고 있어요. 발터 벤야민은 그러한 얼굴들을 읽어냅니다. 하나의 감정이 갖게 된 얼굴, 도시의 얼굴 또는 사물의 얼굴을 말이에요. 얼굴은 그 자체로 자신을 드러내기보다는 누군가가 그것을 읽을 때야 비로소 나타나는 것처럼 보입니다. 홀린 듯이 특정한 물건을 수집해 그 얼굴을 읽는 데 몰두하는 사람들이 있습니다. 그런 사람, 즉 열정적인 인형 수집가를 벤야민은 사물 세계의 관상학자라고 불렀지요. 관상학에 대해 말하면서 벤야민은 예를 들면 요한 카스파가 기술한 것처럼 얼굴을 한 사람의 '내적 진실'의 표현으로 간주하지 않습니다. 카스파가 쓴 글들은 여전히 통용되는 관상학에 관한 생각에 지대한 영향을 끼치고 있어요. 라바터의 관상학에서는 얼굴이 유형화되고 분류된 후 그 얼굴의 소유자를 도덕적으로 평가하는 데 사용됩니다. 당연히 이러한 사상은 신체의 변화 가능성을 부인하죠. 라바터의 관상학에서는 얼굴이 항상 낯선 것을 반영하고 있다는 것도 생각할 수 없는 일입니다.

벤야민이 말하는 관상학에서는 이와는 완전히 다른 지각방식을 사용해요. 관상학자로서 벤야민은 물건이나 꿈의 이미지 또는 건축물의 얼굴을 다의적인 텍스트로 읽어내죠. 그가 이러한 것들을 묘사하는 동안 사물의 세계는 문학 텍스트로 변합니다.

어린이와 청소년을 위한 라디오 프로그램으로 계획된 한 기고문에서 벤야민은 에테아 호프만을 베를린이라는 도시의 악령 같은 얼굴을 읽어내고 외국까지 그것을 전파한 관상학자라고 부릅니다.

"많은 위대한 작가들처럼 그(호프만, 필자 주)도 이 이상한 것을 어딘가에서 자유롭게 허공에 떠다니는 것이 아니라, 매우 특정한 사람, 사물, 집, 물건, 거리 등에서 보았다. 여러분이 혹시 들어봤을지도 모르겠지만, 다른 사람의 얼굴이나 걸음걸이 또는 손이나 두상으로 그의 성격이나 직업 또는 운명을 볼 줄 아는 사람을 관상학자라고 부른다. 그런 점에서 호프만은 예언자라기보다는 관찰자였다. 관상학자를 독일어로 번역하면 관찰자이기 때문이다."[18]

호프만의 문학에 등장하는 유령이나 정령 또는 악령은 도시의 얼굴에 엿보이는 악령의 모습을 구현합니다.

얼굴, 소리, 냄새, 맛, 감각. 감각적인 지각을 지칭하는 이런 독일어 단어들은 항상 제게 기이해 보였어요. '청각Gehör'이란 듣는 능력을 의미합니다. 반면 '냄새Geruch'는 냄새를 맡는 능력이 아니라 맡은 냄새를 의미하죠. 'Ich rieche'라는 문장은 어떤 의미를 지닐까요? 제게서 냄새가 난다는 의미일까요 아니면 제가 냄새를 맡는다는 의미일까요? 마찬가지로 맛이라는 단어도 그 의미가 모호합니다. 'Ich schmecke.' 이 문장은 제가 맛을 본다는 의미일까요 아니면 제가 맹수의 입맛에 맞는다는 의미일까요? 냄새를 맡은 것이 '냄새Geruch'고 맛본 것이 '맛Geschmack'이라면, 본 것은 '얼굴Gesicht'이라고 할 수 있을 겁니다. 저는 다른 사람들에게서 본 것을 얼굴이라고 부릅니다. 따라서 얼굴은 해부학적으로 그 위치를 특정할 수 있는 신체 부위가 아닙니다. 손이나 필체 또는 고갯짓에서도 얼굴을 볼 수 있으니까요.

얼굴은 어디에나 있어요. 그래도 얼굴을 전혀 알아보지 못하는 경우가 종종 있습니다. 예를 들면, 대화 상대방의 얼굴을 실제로 '보기'란 어렵습니다. 대신 그의 눈에 비친 저 자신의 표정이 보이죠. 저의 불안, 수줍음, 반항심, 의욕 부진, 낯가림 같은 것 말이에요. 이런 모습을 보면 마치 카세트테이프에서 자신의 목소리를 들을 때 느끼는 그런 창피함이 몰려와 곧바로 시선을 딴 곳으로 돌릴 수밖에 없죠. 이런 이유에서 대화 상대방의 눈을 쳐다보는 건 견디기 힘듭니다. 가능하다면 그런 상황에서 눈을 감고 그저 단어와 호흡을 통해서 보이는 상들만 받아들이고 싶어집니다. 라디오 드라마를 듣는 것처럼요.

어깨나 가슴, 또는 손가락 사이나 배 위에 얼굴이 나타나는 사람들도 있습니다. 이런 얼굴은 제게 명확히 무언가를 표현하는데, 눈과 달리 그것은 저 자신을 비추지 않기 때문이죠.

목소리에도 얼굴이 있나요? 이런 질문을 하니까 문뜩 오비디우스의 『변신 이야기』에 나오는 변신에 관한 이야기 하나가 떠오릅니다. 이 이야기에서 나르키소스에게 거절당한 에코는 목소리로 변합니다. 흥미로운 것은 에코가 변신하기 전에도 이미 보이지 않는 존재로 묘사된다는 사실입니다. 그녀는 연인의 눈길에 의해 눈에 보이는 형체를 얻을 수도 있었겠죠. 하지만 그 대신 이 남자가 그녀를 거절하는 바람에 그녀는 형체를 잃고 맙니다. 에코의 변신은 신체적 변신이 아니라 오늘날 우리가 사용하는 에코라는 의미의 기원과 관련됩니다. 그녀는 하나의 개념이 됨으로써 형체를 잃습니다. 이 이야기에서 에코는 목소리가 되어 살아남습니다. 반면 물에 비친 자신의 모습과 사랑에 빠진 나르키소스는 목소리를 잃게 되죠. 두 인물에게는 한 가지 공통점이 있습니다. 에코는 다른 사람의 목소리가 말한 것만 따라 할 수 있는 목소리예요. 그리고 나르키소스는 자기 자신의 몸을 반복해서 보여주는 거울상을 갈망하죠. 그는 이러한 애착 때문에 처한 절망적 상태를 한탄합니다. "내 몸에서 벗어날 수만 있다면! 사랑하는 사람에게는 새로운 소망이 생겨납니다. '내가 사랑하는 것이 내 곁에 있지 못하게 해주세요.'"[19]

에코는 반복되는 말에 약간의 변화를 가해 의미를 바꾸는 데 성공합니다. 예를 들면 나르키소스가 "당신의 애인이 되느니 차라리 죽음을 택할 거요"*라고 에코에게 말하자, 그녀는 여느 때처럼 "당신의 애인이에요"**라는 문장 마지막 부분만 따라 합니다.*** 하지만 이로 인해 문장의 의미가 뒤바뀌게 되죠. 이런 식으로 에코가 자신을 표현할 수 있는 반면 나르키소스는 말 없는 꽃으로 변합니다.

'얼굴Gesicht'이라는 단어 한가운데에 '나ich'라는 단어가 들어 있음을 발견하고 저는 문뜩 '얼굴Gesicht'이 '나ich'라는 동사의 현재완료형일 수 있겠다는 생각이 들었습니다.**** '나는 나를 완성하여 얼굴을 갖게 되었다.Ich habe es

* "Eher will ich sterben als dir gehören."

** "dir gehören."

*** 독일어 문장의 마지막 부분은 '당신의 애인이다(dir gehören)'이다. 그런데 우리말로 번역한 문장에서는 이 부분이 문장 맨 앞에 위치한다.

**** 독일어에서 동사의 현재완료를 만들 때 규칙변화 형태는 'ge+동사어간+t'이다. 다와다 요코는 '얼굴(Gesicht)'이라는 명사가 마치 'ich'라는 동사의 완료형과 비슷해 보인다며 'gesicht'라는 신조어를 만들어낸다. 물론 위의 변화형에는 's'가 하나 추가되어 있으므로 엄밀히 말하면 그 변화형은 'geicht'가 되어야 하겠지만 여기서는 '나(ich)'와 '얼굴(Gesicht)'의 관

gesicht.' 이 문장이 어떤 의미를 지닐 수 있을까요? 제 얼굴과 관련해 제가 현재완료로 이야기할 수 있는 어떤 것도 아직 완수한 바가 없습니다. 저는 제 얼굴을 아직 끝까지 써 내려가지 못했어요. 무엇보다 저는 제 얼굴을 아직 한 번도 본 적이 없습니다. 단지 얼굴의 거울상으로만 보았을 뿐이죠. 이런 생각을 하면서 저는 다음과 같은 텍스트를 써 내려갔습니다.

"세상에 태어난 이후 나는 단 한 번도 내 얼굴을 바깥에서 본 적이 없다. 다른 사람과 대화를 나눌 때 내 모습이 어떤지 어떤 거울도 내게 보여준 적이 없다. 나는 종종 다른 사람들의 얼굴에서 수수께끼 같은 모습을 보곤 한다. 그러한 모습이 나를 매혹해 나는 내 얼굴에 그 모습을 비추곤 한다. 내 얼굴은 스케치북이다. 나와 이야기를 나누는 사람은 내 얼굴에서 자신의 얼굴 모습을 그린 그림을 발견하고 마치 장거리 열차에 올라타듯이 그 그림 안으로 들어간다. 나는 바깥에서 내 모습이 어떻게 보이는지

계를 설명하려고 하기 때문에 이 점은 무시되었다.

모른다. 하지만 안에서는 내 얼굴을 이미 여러 번 보았다. 하나의 늪지대 숲과 얼어붙은 두 호수가 있는 그늘진 풍경. 게다가 그곳에는 하나의 종유석 동굴과 그물에 조개껍데기가 걸려 있는 두 터널이 있다. 나는 이 풍경으로 들어가 길을 잃는다.

나는 그 여자의 얼굴을 안쪽에서는 볼 수 없다. 그래서 바람이 되어 그녀의 얼굴 표면을 어루만진다. 그녀의 얼굴은 인적이 없는 풍경이다. 바람은 들판에 쓰여 있는 점자를 읽는다. 그 순간 들판에 두 개의 호수가 보인다. 촉각이란 거리를 두지 않고 보는 것이다. 바람이 불면, 담황색 풀과 회청색 물이 살랑거린다. 눈먼 바람이 불어오는 종유석 동굴에는 축축하고 불그스레한 피부를 지닌 괴물이 벌거벗은 채로 살고 있다. 바닥은 끈적거릴 정도로 축축하고 붉은 핏빛으로 빛난다. 괴물의 아랫배는 바닥에 달라붙은 채 자라났다. 괴물은 으르렁거리지도, 슬피 울지도 않고 아무런 말도 하지 않는다. 하지만 그 짐승이 움직이면 신음을 내는 바람이 생겨난다. 날아서 동굴을 빠져나온 바람은 단어들로 변한다.

눈먼 바람은 어떤 곳에서 생겨나서 다른 곳으로 옮겨간다. 그러고 나서 다시 돌아오거나 계속해서 제3의 장소로 옮겨간다. 바람은 어디에도 속하지 않는다. 그것은 갑자기 고요해졌다가 다시 불기 시작한다. 이 바람이 이전에 분 바람과 다른 바람인가? 틈새 바람을 어떻게 서로 떼어낼 수 있는가? 바람에 얼굴이 있는가? 물이 주름을 보이며 웃거나 얼굴을 찡그릴 때, 나는 바람의 얼굴을 본다. 또 마지막 잎새가 머리를 흔들 때도 바람의 얼굴이 보인다. 바람의 얼굴은 바람이 움직이게 만든 것이다."[20]

여러 개의 얼굴을 지닌 사람은 독일에서 대개 부정적인 평가를 받습니다. 기독교 회화에서는 악을 구현하는 인물들만이 여러 개의 얼굴을 가지고 있죠. 일례로 15세기에 그려진 슈테판 로흐너의 〈최후의 심판Weltgericht〉[21]이라는 그림에는 초록색 피부를 지닌 괴물이 나옵니다. 이 괴물의 어깨와 배, 무릎에 각각 하나의 얼굴이 있어요. 그의 팔은 용의 다리와 비슷하고, 머리에서는 악마의 귀가 자라나며, 주둥이로는 개의 혀를 내밉니다. 이 괴물은 천국의 문을 향해 가려는 벌거벗은 사람들을 마지막 순간에 발톱으로 붙잡아 자신에게 끌고 오려고 시도하죠. 그림 왼편에는 몇몇 천사가 보이는데, 이들은 행복하게 환한 표정을 짓고 있는 사람들을 천국의 문까지 안내하고 있습니다. 천사들은 모두 얼굴이 하나밖에 없어요. 놀랍게도 저는 예수나 하느님 또는 천사를 여러 개의 얼굴로 묘사한 그림을 한 번도 본 적이 없습니다. 반면 불교미술에는 여러 개의 얼굴을 지닌 입상들이 종종 있죠. 일례로 인간을 구원하기 위해 다양한 모습으로 등장하는 존재인 천수관음은 일반적으로 마흔두 개의 손과 열한 개 혹은 스물일곱 개의 얼굴을 지닌 인물로 표현됩니다. 앞에 있는 두 개의 손을 제외하고 모든 손에 각각 한 개의 눈이 달려 있습니다. 이처럼 그의 손에 여러 개의 눈이 달린 것은 동시에 어디서나 많은 사람을 관찰할 수 있는 관음觀音의 능력과 연결됩니다(관음이라는 인물을 지칭하는 말은 산스크리스트어로 '아바로키테슈바라Avalokites'vara'라고 하는데, 이는 '관찰 능력이 있는'이라는 뜻입니다). 여러 개의 손은 여러 사람을 구원할 수 있는 능력을 표현한다고 해요. 또한 여러 개의 얼굴은 뛰어난 변신술을 보여주죠.

이방성의 문제를 다루면 얼굴이라는 주제를 피하기 어렵습니다. 내국인들은 외국인 여행자들의 얼굴에 너무나도 많은 가면을 씌우는데, 그렇게 하지 않으면 그들이 눈에 보이지 않기 때문이죠. 제 소설 『목욕탕』에는 1인칭 서술자 여성이 유럽에서 오랫동안 체류한 후 일본으로 돌아오는 장면이 있습니다. 어머니는 그녀를 보고 놀라서 이렇게 묻습니다.

"너는 왜 그런 아시아인의 모습을 하고 있니?"

1인칭 서술자는 대답한다: "무슨 바보 같은 말씀이세요, 엄마. 그건 당연하잖아요. 저는 아시아인이니까요"

그러자 어머니는 말한다: "내 말은 그런 뜻이 아니야. 네가 낯선 얼굴을 하고 있다는 말이야. 미국 영화에 등장하는 일본인 같은 얼굴 말이다."[22]

관찰자의 기대가 가면을 만들어내고, 그 가면이 이방인의 살 속으로 파고들어 자랍니다. 그런 방식으로 항상 타인의 시선이 자신의 얼굴에 새겨지는 것이죠. 하나의 얼굴에는 여러 개의 층이 생길 수 있어요. 어쩌면 여행기의 책장을 넘기듯이 얼굴을 넘길 수 있을지도 모르죠.

낯선 얼굴은 이따금 낯선 개념처럼 번역되기도 합니다. 그것도 머릿속에서뿐만 아니라 이를테면 사진에서도 말이에요. 어느 일본 신문에 실린 자신의 사진에 대해 롤랑 바르트는 다음과 같이 논평합니다.

"고베 신문에 자신의 사진이 실릴 때, 이 서양 강연자는 일본인처럼 변하는 경험을 하게 된다. 일본의 인쇄술은 그의 눈은 더 좁게, 그의 눈썹은 더 진하게 보이게 한다."23

언젠가 뉴욕에서 한 미국 여성 사진가가 제게 제 작가 소개 사진이 마치 독일 여성 작가 소개 사진처럼 보인다고 말한 적이 있어요. 그때부터 저는 미국 책에 실린 제 작가 소개 사진을 더 자세히 쳐다보고 실제로 독일에서 찍은 사진과의 차이를 발견했습니다. 미국 책에서 작가는 대개 평범한 사람, 즉 독자의 이웃과도 같은 사람으로 표현되죠. 이와 달리 사진에 실린 독일 작가의 얼굴은 더 이상 존재하지 않아 무너뜨릴 수 없는 역사적인 장벽처럼 보입니다. 그의 피부는 성스러운 막으로 덮여 있어 접근할 수 없어요. 위선이 드러나는 것에 대한 두려움 때문에 그의 입은 불쾌함을 드러내지 않을 수 없게 되죠. 또한 그의 눈은 비판적이면서도 자기애에 차서 반짝거리는데, 그 모습이 마치 작가가 독자에게 '난 당신을 위해 글을 쓰지 않아'라고 말하려는 것처럼 보입니다. 작가 소개 사진에 나온 얼굴은 특수한 문화가 만들어낸 저자상을 구현합니다. 그 때문에 얼굴은 모사되는 것이 아니라 쓰이는 것이죠. 오비디우스의 『변신 이야기』 1장에서는 세계의 탄생을 이야기하는데, 이는 동시에 개별적인 존재의 변신 가능성에 대한 설명이기도 합니다. 한 존재가 다른 존재로 변신할 수 있다는 생각은 생명체와 사물의 형상이 아직 결정되지 않았던 시대에 대한 기억에서 유래합니다.

"그곳에 흙과 물, 공기가 있기는 했지만, 땅에 서 있을 수도 없었고, 파도를 뚫고 헤엄칠 수도 없었으며, 공기 중에는 빛도 없었다. 어떤 사물도 자신만의 형체를 갖지 못했고, 하나가 다른 하나를 방해했는데, 이는 동일한 물체에서 차가운 것이 뜨거운 것과, 축축한 것이 마른 것과, 부드러운 것이 딱딱한 것과, 중력이 없는 것이 무거운 것과 싸우고 있었기 때문이다. 이 싸움을 중재한 것은 신과 더 뛰어난 자연이었다. 신은 하늘로부터 땅을 그리고 땅으로부터 물을 분리했고, 밀집된 공기로부터 맑은 하늘을 떼어냈다."24

신은 카오스 안에 경계를 설정함으로써 세상을 창조했다고 합니다. 신의 작업은 전적으로 언어적 활동이었죠. 왜냐하면 물질적으로는 물을 흙과 분리할 수 없기 때문인데, 물에는 항상 약간의 흙이 담겨 있고 그 반대도 마찬가지니까요. 단지 개념적으로만 이 둘을 서로 분리할 수 있고 '여기 물이 있고 여기 흙이 있다'라고 말할 수 있을 거예요. '흙'이라는 단어는 흙이 원래 무엇인지에 대해 아무것도 말해줄 수 없어요. 그 단어는 그저 흙이 물도 하늘도 공기도 아니란 것만 분명히 해줄 뿐이죠. 『변신 이야기』에 나오는 변신에 관한 이야기들은 현실주의자의 눈에는 비현실적이라는 의미에서 메르헨 같고 허구적이며 환상적으로 보일 수 있을 거예요. 하지만 『변신 이야기』라는 책은 우리가 내리는 정의定義가 허구라는 사실만을 깨닫게 합니다.

『변신 이야기』에서는 신과 인간이 다양한 이유로 괴물이나 동물 또는 식물로 변신합니다. 일례로 나무로 변신하는 다프네에게는 변신이 자기방어 수단이었어요. 아폴로가 그녀에게 반해 그녀를 강제로 자신과 결혼시키려고 했기 때문이죠. 하지만 그녀는 어떤 남자에게도 욕망을 품지 않았어요.[25] 사내아이로 자라 한 여자를 사랑하게 된 이피스는 남자로 변신했습니다.[26] 테이레시아스도 성전환을 경험했는데요, 숲에서 두 마리 뱀을 만난 그는 지팡이로 뱀을 때린 후 여자로 변했죠. 7년이 지난 후 그는 그때 그 뱀을 다시 만나는데 또다시 뱀을 지팡이로 때려 원래 상태인 남자로 돌아옵니다.[27] 이마에 "낯선 사슴뿔"[28]이 자라난 악타이온의 경우에는 변신이 처벌의 성격을 띱니다. 벌거벗은 채 목욕하고 있는 자신을 쳐다본

그를 디아나 여신이 반인반수로 변하게 만들었기 때문이죠. 넵투누스는 자신이 유혹하려는 여성이 누군지에 따라 각각 황소나 숫양, 새나 돌고래로 변신합니다. 그에게는 변신이 다름 아닌 연애 기술인 셈이죠.[29] 이처럼 오비디우스의 작품에서는 변신의 이유가 매번 언급됩니다.

오비디우스의 『변신 이야기』와 달리 카프카의 『변신』에서는 그레고르 잠자가 변신한 이유가 결코 밝혀지지 않습니다. 다프네 이야기를 읽고 나면, 그레고르 잠자가 더 이상 출장을 가지 않으려고 갑충으로 변신했다는 것을 짐작할 수 있게 되죠. 그렇다면 변신은 그렇게 변하지 않고서는 벗어날 수 없는 치명적인 생활방식에서 벗어날 수 있게 해주는 일종의 해방적인 행위인 셈입니다. 만일 그레고르 잠자가 악타이온의 후손이라면, 그의 변신은 처벌을 의미할 것입니다. 어쩌면 그는 여동생이 목욕하는 것을 쳐다보았고 이에 아버지가 그에게 비난을 퍼부으며 사과를 던진 걸지도 모르죠. 이런 행위로 아버지는 그에게 저 유명한 에덴동산의 사과를 상기시키려고 한 것입니다. 아니면 '누군가에게 썩은 사과를 던지다

jemanden mit faulen Äpfeln bewerfen'*라는 관용구가 이러한 그의 행위의 동기가 되었을 겁니다. 그레고르의 여동생은 「일곱 마리의 까마귀Sieben Raben」와 그 밖의 다른 많은 메르헨에 등장하는 여동생들과 달리 마법에 걸린 오빠를 구할 수 없었어요. 하지만 그레고르 잠자의 변신이 처벌의 의도를 지녔다는 것은 단지 추측에 지나지 않아요. 텍스트에는 그가 위반했다고 하는 법이 언급조차 되지 않기 때문이죠. 이 언급되지 않은 법은 텍스트의 텅 빈 중심을 이룹니다.

메르헨에는 두 가지 종류의 변신이 있어요. 하나는 인간이 동물로 변신하는 경우예요. 그런데 이러한 변신은 자기가 원해서 일어나는 것이 아니라 마법에 걸려 일어나는 것입니다. 다른 하나는 동물이 인간으로 변신하는 경우인데, 이번에는 자신이 원해서 그렇게 됩니다. 많은 일본 메르헨에서는 동물이 여자로 변신해 인간과 결혼합니다. 나중에 이 여자는 다시 동물로 변해 남편 곁을 떠나

* 이 관용구는 '~를 모욕하다'라는 의미를 지닌다.

죠. 동물이 남자로 변신해 인간 여성과 결혼하는 메르헨도 그 반대의 경우만큼이나 많이 있지만, 오늘날까지 알려진 메르헨에서는 실제로 동물인 인간은 항상 여자예요. 유럽 문화권에서도 그런 메르헨이 적지 않게 존재했습니다만, 수간 금지로 인해 기억에서 사라졌어요. 왜냐하면 인간의 모습을 지닌 동물과 결혼한 사람은 법을 위반하는 것이기 때문이죠. 이와 달리 정반대의 경우는 덜 문제가 됩니다. 한 여성의 키스를 받은 개구리가 실제로는 인간이라면, 이는 수간으로 간주되지 않아요. 하지만 저는 이런 현상이 실제로 기독교의 수간 금지에서 기인한 것인지는 의심스럽습니다. 오비디우스의 『변신 이야기』에도 동물이 인간으로 변하는 경우는 나오지 않으니까요. 그런 이야기가 그리스 신화에도 나오지 않는다면 거기에는 틀림없이 뭔가 다른 이유가 있을 거예요.

변신은 많은 예술가의 꿈이에요. 18세기 일본 작가인 우에다 아키나리의 유명한 변신 이야기가 있어요. 이 이야기에는 화가로 잘 알려져 있으며 항상 물고기를 그린 한 스님이 나오죠. 그는 자주 비와호琵琶湖로 가서 어부들에게 돈을 주고 막 잡은 물고기를 다시 풀어달라고 부탁했어요. 그러고는 자유를 되찾은 것에 기뻐하며 물속에서 헤엄치는 물고기를 그렸죠. 그러던 어느 날 그는 심한 병이 들어 오랫동안 병상에 누워 있었어요. 그러자 그의 영혼은 그의 몸에서 떨어져 나와 마을을 지나고 강과 산을 넘어 이동하다가 마침내 자신이 잘 아는 비와호에 이르렀어요. 지금까지 한 번도 물과 친할 기회가 없었던 이 화가는 갑자기 헤엄치고 싶은 욕망에 사로잡혀 물속으로 뛰어들었죠. 그러자 물속에서 커다란 물고기 한 마리가 그를 해신海神에게 데려갔어요. 해신은 화가가 더 자유롭게 헤엄칠 수 있도록 그를 잉어로 변하게 합니다. 하지만 이 잉어는 곧 사람들에게 잡혔죠. 그때까지 침대에 누워 있던 화가가 잠에서 깨어나 잉어를 잡아 요리하려던 부엌으로 심부름꾼을 보내지 않았더라면, 아마 그는 죽었을 겁니다. 화가는 그 후로 오랫동안 살았어요. 죽기 직전에 그는 자신이 그린 잉어 그림 몇 점을 꺼내 호수에 빠뜨렸죠. 그러자 그림 속 잉어가 종이와 비단에서 빠져나와 물속에서 활발하게 이리저리 돌아다녔습니다.[30]

예술가는 자기 일에 열정적으로 몰두하면서 자신을 자기 작품과 동일시할 수 있습니다. 하지만 작품을 생산하기 위해서는 동시에 그것과 거리를 두는 것이 필요하죠. 작업이 끝난 후에는 변신의 가능성도 더 이상 존재하지 않습니다. 학문의 영역에서는 작업할 때 연구대상에 대해 끊임없이 거리를 두는 것이 필요합니다. 동물학자가 동물로 변신해서는 안 되겠죠. 하지만 학자가 자신은 절대로 변신하지 않을 거라고 어떻게 확신할 수 있나요? 이제는 일본의 일본학자와 아프리카의 민족학자가 학문적 담론에 참여할 수 있으므로, 동물학을 동물의 관점에서 연구할 수 있다면 그 또한 바람직할 거예요.

이러한 목적을 위해서는 우선 동물이 인간으로 변신해야만 해요. 이러한 급진적인 학문의 형태가 틀림없이 카프카의 관심을 끌었을 겁니다. 「어느 개의 연구」라는 카프카의 소설은 이러한 학문의 한 예입니다. 카프카의 또 다른 소설 「학술원에 드리는 보고Ein Bericht für eine Akademie」에서는 1인칭 서술자가 황금해안에서 포획된 한 원숭이예요. 배 위의 동물 우리에서, 그리고 나중에는 새로운 땅에서 이 원숭이는 인간존재를 규정하는 모든 것을 배우게 되죠. 침 뱉기부터 술 마시기, 돈 벌기부터 자신에 대해 떠벌리기에 이르는 모든 것을요. 텍스트에는 이제 그가 "원숭이의 본성"과 결별했다고 쓰여 있습니다. 카프카는 이 책에서 새로운 형태의 학문을 보여주었어요. 연구대상이 연구자로 변신하는 학문을 말이에요. 이 연구자의 몸에는 흉터가 있는데, 이는 그가 아직 실험대상처럼 다루어지던 시절에 대한 기억을 담고 있어요. 그래서 이 연구자는 인간의 특정한 특징들을 그것에 필요한 거리를 두고 관찰할 수 있습니다. 인간이 동경하는 자유 개념이 그 예예요.

"사람들은 자유라는 말로 자신을 너무 자주 속이곤 합니다. 자유가 가장 고귀한 감정에 속하듯이, 그것에 수반되는 착각 역시 가장 고귀한 감정에 속할 것입니다."[31]

'나'로 등장하는 원숭이에게 자유는 결코 선택할 수 있는 것이 아니었어요. 그는 단지 탈출구를 찾았을 뿐이죠. 그가 할 수 있는 거라곤 인간의 방식에 따라 자신을 교육하고 우리에서 벗어나기 위해 소위 '진보'라고 불리는 것을 수행하는 것뿐이었어요. 변신을 이루어낸 후 그는 자신이 동물 우리에 갇혀 있던 시절을 회상하죠. 그가 지난 시절에 대해 생각할 때면 고통스러워하며 경악하지 않을 수 없습니다. 그래도 그는 변신을 이겨내고 살아남기는 하지요. 갑충으로 죽어간 그레고르 잠자와는 달리 말이에요.

'정체성 상실'이라는 유행어는 변신이라는 개념을 구석으로 내몰았어요. 하지만 이미 고대부터 변신은 문학의 매우 중요한 모티브 가운데 하나였지요. 고대 그리스에서도 고대 중국에서도 말이에요. 시적인 변신은 죽음의 위험이 뒤따르는 동물로의 변신에 대한 동경과 인간으로의 변신에 대한 경악 사이에 존재하는 공간입니다.

다와다 요코론

✕

"낯선 혀로 말하는 사람은 조류학자이자 한 마리의 새입니다." 몇 마디로 다와다 요코의 글쓰기에 관한 의미 있는 말을 하기는 어렵다. 하지만 여기에 인쇄된 '튀빙겐대학교 시학 강의록' 1강의 마지막 문장에 이미 사실상 그녀의 구상이 담겨 있다. (낭만주의적인 의미에서) 시학적인 언어를 사용하며 분별력 있고 포스트모던적인 샤먼이자 귀가 밝은 문헌학자로서 그녀는 자신의 독자와 청자를 이중적인 시선의 재능을 반영하는 텍스트와 대면하게 하고 이를 통해 성숙하게 만든다. 시와 정밀한 표현, 환각과 질서, 도취의 언어로서 흘러넘치는 연상들과 엄격한 구성. 다와다 요코에게 이것은 결코 대립이 아니라, 동일한 복

합적인 인지 과정의 등가적인 요소들이다. 이러한 인지 과정에서 언어는 강화된 현실 경험을 위한 도약판이자 창문으로 사용된다. 참치 통조림이든 차를 타고 터널 속으로 들어가는 것이든 염석 비누든 컴퓨터 화면이든, 겉으로 보기에 진부한 모든 대상이 다와다 요코의 민족학적이자 시학적인 시선 아래에서는 해독해야 할 숨겨진 메시지의 담지자나 매체가 된다. 세계의 기호를 새롭게 읽는 법을 배우는 것, 어떤 것도 사람들이 일상적으로 보는 그대로 받아들이지 않는 것, 신화를 탈신화화하면서도 일상의 신화를 발견하는 것, 이 모든 것이 그녀가 추구하는 변신의 미학이 지닌 요소들일 것이다.

의미를 찾는 이런 연구와 의미와 벌이는 유희의 도구는 다양한 형태로 나타나는 언어다. 그것은 일본의 표의문자나 독일의 알파벳, 후두음이나 지저귀는 새소리, 목소리나 문자, 근원적 말이나 매체의 재방송, 자연의 형태나 컴퓨터 자판으로 나타난다. '이념'과 '현실', '문화'와 '자연', '너'와 '나' 사이에서 이리저리 떠다니는 모래로서 텍스트와 언어, 문자는 예기치 못한 연관을 만들어냈다가 다음 순간 그것을 다시 흔적도 없이 흩날려버린다.

다와다 요코의 몸짓과 표정, 말하는 방식처럼 그녀의 글 쓰는 방식 역시 압축적이고 절제되어 있으면서 정밀하고 신중하다. 다와다 요코는 언어로 이루어진 세계 안에서 사는 것처럼 보이면서도 언어기호로 현실의 몸체를 만들어낼 줄 안다.

동아시아의 카발라가 있다면, 다와다 요코가 그 대가일 것이다.

위르겐 베르트하이머

해설

정항균(서울대 독어독문학과 교수)

『변신』은 다와다 요코가 튀빙겐대학교에서 한 시학 강연 모음집이다. 국내에서 두 가지 언어, 즉 독일어와 일본어로 글을 쓰는 다와다 요코에 대한 관심이 점차 늘어나고 있고 세계 문학계에서도 그녀가 차지하는 위상이 갈수록 높아지고 있다. 이에 비례하여 다와다 요코의 여러 소설과 희곡, 에세이가 국내에서 이미 번역되었다. 하지만 그녀의 작품과 긴밀히 연결된 시학 강의록 『변신』은 아직 국내에 소개되지 않았다. 따라서 이 책은 난해한 다와다 요코의 작품에 국내 독자가 좀 더 쉽게 다가가 작품을 심층적으로 이해하는 데 많은 도움을 줄 수 있을 것이다.

이 책은 목소리, 문자, 변신이라는 세 가지 주제로 구성되어 있다.

첫 번째 강연의 중심 주제는 목소리의 신체성이다. 다와다 요코는 우선 낯선 나라에서 외국어를 말할 때 느껴지는 목소리의 물질성 내지 신체성에 대해 언급한다. 자신의 나라에서 모어로 말할 때 언어는 보통 의미를 전달하는 의사소통 기능을 지닌다. 그 때문에 모어로 말하는 화자는 자신의 목소리 자체에 전혀 신경을 쓰지 않으며 상대방도 구어를 마치 문어처럼 받아들이곤 한다. 그런데 외국에 나가 그 나라의 언어를 사용하면 화자는 독특한 악센트로 말하게 되고 청자도 이를 쉽게 인지한다. 보통 우리는 외국어로 말할 때 모국어 화자를 흉내 내며, 자신의 목소리를 새로운 환경에 맞추려고 노력한다. 악센트 없이 말하기 위해 음의 높낮이, 세기, 호흡까지 신경을 쓰며 목소리의 신체성을 없애려 노력하는 것이다. 하지만 다와다 요코는 이처럼 자신의 신체를 통제하는 발화의 억압적 성격을 비판하면서 신체성을 드러내는 악센트에 더 많은 관심을 기울여야 한다고 말한다.

다와다 요코가 낯선 언어로 말할 때 생기는 악센트를 언급하는 이유는 사실 우리가 잊고 있는 '모어의 악센트'에 주목하게 만들기 위해서다. 악센트가 있는 낯선 목소리, 즉 신체성이 두드러지게 나타나는 목소리는 비단 외국어에만 존재하는 것이 아니다. 문법적 규칙에 따르며 의미를 전달하는 의사소통적 언어를 사용하기 이전 단계에 있는 갓난아기 역시 이러한 악센트의 언어를 사용한다. 아직 사회에 본격적으로 뛰어들기 전에 주로 어머니와만 관계를 맺는 갓난아기는 의미 위주의 소통보다 자신의 음색을 통한 소통을 시도한다. 분절음을 사용하지 못하는 아이는 음의 높낮이나 세기 등 음색을 통해 자신의 감정과 욕망을 표현하며, 상대방은 이를 이해하기 위해서 이러한 목소리의 신체성에 귀 기울일 수 있어야 한다. 그런데 이러한 아이의 단계에서 강조되는 목소리의 신체성이 결코 성인 화자의 단계에서 완전히 사라지는 것은 아니다. 우리는 의미 위주의 의사소통 체계에 익숙해서 이를 잊고 있지만, 자신의 감정과 욕망을 전달하는 신체 언어는 표층적인 소통의 차원 아래에서 여전히 살아 있다.

이처럼 낯선 나라에서 외국어를 사용하거나 아직 문법 체계의 질서 속으로 들어서기 이전의 아이처럼 말할 때 목소리의 신체성이 두드러지게 나타난다. 그런데 다와다 요코는 이를 단순히 서투른 외국어 화자와 미숙한 언어를 구사하는 어린아이의 언어적 결함 정도로 생각하지 않는다. 오히려 지금까지 의미전달 위주의 소통에 익숙해져 있던 사람들은 목소리의 신체성을 통해 익숙했던 상황에서 빠져나올 수 있으며, 이를 통해 언어에 있는 새로운 기능을 인식할 수 있게 된다. 목소리의 신체성, 즉 음색은 우리가 의사소통적 언어에서 감추고 억압했던 화자의 욕망이나 정동을 드러내며 더 심층적인 소통의 차원을 지시한다. 다와다 요코가 첫 번째 강연에서 새소리에 대해 여러 페이지를 할애해서 이야기하는 이유도 여기에 있다.

독일어로 '새가 짹짹거린다'라는 표현에는 '미쳤다'라는 의미가 있다. 하지만 다와다 요코는 인간의 언어로 재현할 수 없는 이러한 새소리를 부정적으로 보기보다는 정동과 무의식적 욕망을 드러내는 신체성의 표현에 대한 비유로 해석하며 그것에 긍정적 의미를 부여한다. 그런데 새의 언어는 곧 하늘을 나는 자의 언어이며, 인간은 오직 꿈에서만 새처럼 날 수 있으므로 새의 언어는 꿈꾸는 사람의 언어이기도 하다. 즉 목적 지향적이고 이성적으로 행동하는 일상적 상태에서 벗어나 무의식을 자유롭게 펼치는 꿈같은 상태로 넘어가야 인간은 신체 언어로서의 새의 언어를 말할 수 있게 된다는 것이다. 그 때문에 낯선 혀로 말하려는 사람은 이러한 새들의 지저귀는 소리를 관찰하는 '조류학자'여야 하는 동시에 변신을 통해 '한 마리의 새'가 되어야 한다.

두 번째 강연에서 다와다 요코는 문자와 번역의 문제를 다룬다. 다와다 요코는 어린 시절에 자신이 일본어 텍스트를 읽으면 마치 자기 집에 들어가듯이 책 속으로 자연스럽게 들어갈 수 있었다고 말한다. 이때 그녀는 텍스트에 쓰인 문자들의 형상을 전혀 의식하지 않은 채 책에 몰입할 수 있었다는 것이다. 반면 독일어를 배우면서 알파벳 텍스트를 읽게 되었을 때는 앞에서와 달리 각 철자들의 형상에 시선이 머물러 책의 내용에 집중하기가 힘들었다고 한다. 이처럼 낯선 언어로 쓰인 텍스트를 읽으면서 그녀는 문자가 단순히 의미만 전달하는 것이 아니라 문자 매체로서 시각적인 형상을 지니고 있음에 주목한다. 여기서 문자의 형상은 첫 번째 강연에서 다룬 목소리의 신체성에 해당한다. 즉 문자 역시 신체를 가지고 있는데, 우리는 텍스트를 읽으면서 문자의 형상성을 의식하지 못하며 그것을 사라지게 하곤 한다는 것이다.

알파벳 철자는 그 자체로 어떤 의미를 지니지 않으며 단지 다른 철자와의 조합을 통해서만 단어를 만들어낸다. 그래서 'B'라는 철자는 어떻게 결합하느냐에 따라 아름다운 '꽃Blume'이 되기도 하고 위험한 '폭탄Bombe'이 되기도 한다. 이처럼 알파벳 철자는 그것의 조합에 따라 끊임없이 변신하는 역동적 '신체'를 지닌 것으로 간주된다. 이에 반해 한자와 같은 표의문자의 '신체'는 적어도 표면적으로는 난해하지 않은데, 상형문자로서 그것은 자신이 의미하는 바를 그대로 보여주기 때문이다. 물론 표의문자는 역사적인 변천 속에서 여러 의미를 갖게 되지만,

그래도 무의미에 빠질 염려는 없다. 하지만 표의문자인 중국 문자의 기원을 살펴보면, 그것을 처음 발명한 사람이 새의 발자국에서 영감을 받았다고 한다. 따라서 우리가 알 수 있는 것은 오직 발자국으로서의 흔적일 뿐, 새의 발, 즉 신체 자체에는 접근할 수 없다. 이처럼 알파벳 문자 같은 표음문자가 역동적인 신체를 지니기 때문에 이해할 수 없다면, 이와 달리 한자 같은 표의문자는 신체 자체가 아니라 그것의 흔적에만 접근할 수 있기 때문에 이해할 수 없다. 이처럼 다와다 요코는 문자의 신체를 강조하며 이해할 수 없는 이러한 신체에 우리가 더 많은 관심을 기울일 것을 요구한다.

이러한 문자 신체는 번역에서도 중요하다. 보통 일반적인 번역은 텍스트의 의미를 얼마나 충실하게 번역하느냐에 초점을 맞춘다. 이 경우 문자 텍스트와 개별 문자가 지닌 형상성은 번역에서 고려의 대상이 되지 않는다. 그러나 다와다 요코는 의미 전달 위주의 의사소통적 번역을 넘어서는 문학적 번역은 문자 텍스트의 신체에 관심을 기울여야 한다고 말한다. 가령 클라이스트의 소설 「결투Der Zweikampf」는 여러 개의 콤마와 부문장으로 이루어진 길고 복잡한 문장으로 시작되는데, 이는 이 소설에 등장하는 가족의 복잡한 가계도를 문자 텍스트의 시각적 형상을 통해 보여주고 있다는 것이다. 따라서 문학적 번역은 텍스트의 쉬운 이해를 위해 위의 복잡한 문장을 짧게 여러 문장으로 끊어 번역해서는 안 되며, 텍스트의 형상성이 지닌 의미를 고려해 설령 이해에 어려움이 있더라도 마찬가지로 복잡하게 구성된 문장으로 번역해야 한다.

두 번째 강연에서 다루는 문자의 신체는 문자(텍스트)라는 매체의 신체만을 가리키는 것이 아니다. 흔히 문자는 종이나 화면에 쓰이는 가시적인 문자만을 가리키는 것으로 이해되기 쉽지만, 다와다 요코는 데리다의 포괄적인 문자 개념을 빌려 우리의 몸 안에서 새겨지는 비가시적인 신체문자에 주목하게 한다.

다와다 요코는 꿈속에서 문자가 어떤 형상들로 변형되어 등장하는 경험을 이야기하며, 우리의 몸에 깊숙이 자리 잡고 있어 거의 읽을 수 없는 신체문자가 있음을 암시한다. 이러한 신체문자는 마치 타자기 바늘처럼 우리의 몸속을 찌르며 그 안에 새겨지는 무의식의 문자다. 우리가 접근할 수 없는 이러한 신체문자는 여기서 귀신에 비유된다.

이를 설명하기 위해서 다와다 요코는 문자 텍스트의 공간적 특성을 강조한다. 그녀는 우리가 글을 쓰면서 철자를 '놓는다'고 말한다. 마치 식자공이 조판하기 위해 활자를 놓듯이, 우리는 글을 쓸 때 철자를 종이나 화면에 놓는다는 것이다. 문자 텍스트는 사실 말을 그대로 기록한 것이 아니라, 특정한 공간 속에 철자를 놓음으로써 생긴 시각적으로 조직된 텍스트다. 가령 리포트나 논문을 쓸 때 제목은 맨 위쪽 중간에 큰 글씨로 쓰고 각주는 맨 아래쪽에 작은 글씨로 쓰는 데서 알 수 있듯이, 우리는 문자 텍스트를 시각적으로 조직한다. 그런데 이처럼 문자 텍스트를 쓰는 것을 일종의 공간적 조직으로 이해하면, 검은 글씨로 쓴 부분 외에 쓰이지 않은 하얀 여백에 주목할 수 있게 된다.

우리가 의식적으로 놓은 철자 뒤에는 억압된 생각, 무의식적 욕망과 꿈이 하얀 여백이라는 공동묘지에 묻힌 채 놓여 있다. 또는 이러한 하얀 여백은 소복을 입고서 백지 같은 얼굴을 한 귀신을 나타낼 수도 있다. 다와다 요코는 글쓰기를 제의에 비유하는데, 이는 글쓰기가 우리의 무의식적 욕망과 꿈의 상징인 귀신들을 불러내는 제의적 글쓰기임을 보여준다.

세 번째 강연은 얼굴과 변신을 주제로 다룬다. 우리는 보통 얼굴이라는 개념을 눈, 코, 입, 귀가 있는 이마 맨 위쪽에서 턱까지에 이르는 사람의 앞면을 가리키는 것으로 정의하는데, 이러한 정의에 따르면 물고기에게는 얼굴이 없다. 물고기에게는 앞면이 없기 때문이다. 다와다 요코는 이처럼 인간 중심적으로 정의된 얼굴 개념에 의구심을 표명하며, 얼굴을 '눈에 드러나게 된 어떤 것'으로 정의한다. 이러한 정의에 따르면, 우리가 말하는 인간의 얼굴을 넘어 모든 것이 사실은 얼굴이 될 수 있다. 가령 도시의 건물이나 인간의 손가락도 얼굴이 될 수 있다. 우리는 도시의 건물에서 드러나는 과거의 역사라는 얼굴을 읽을 수도 있고 손가락의 떨림에서 그 사람의 심리 상태를 읽어낼 수도 있다. 얼굴은 그 자체로 존재하는 것이 아니라 우리가 그것을 읽어냄으로써 존재하게 되는 것이다.

얼굴을 의미하는 독일어 단어 'Gesicht'에는 '나ich'라는 단어가 들어 있다. 그리고 얼굴은 마치 'ich'라는 단어의 현재완료형처럼 보이는데, 왜냐하면 독일어에서는 현재완료를 만들 때 어간 앞뒤로 각각 'ge'와 't'를 붙이기 때문이다. 그렇다면 얼굴은 '내'가 써 내려가 완성한 나의 정체성을 의미한다. 그러나 다와다 요코는 자신의 얼굴을 끝까지 써 내려가 완성한 적이 없다며, 자기 얼굴이 타인의 얼굴과 구분되며 자신만의 독특한 정체성을 보장하지 않는다고 말한다. 오히려 그러한 얼굴은 데리다식으로 말하면 폐허이자 흔적으로 나타나며, 항상 바꿔 써지는 것이다. 그 때문에 얼굴은 결코 완성될 수 없으며 자신이 모르는 낯선 것이 얼굴을 통해 드러날 수 있다. 이처럼 다와다 요코는 인간 중심적인 얼굴 정의를 비판할 뿐만 아니라 얼굴을 개인의 정체성에 대한 보증으로 간주하는 정체성 담론도 비판한다.

서양에서 얼굴이 여러 개가 있는 것은 악마와 같이 악

한 존재들뿐이다. 천사나 예수 같은 선한 존재에게는 단 하나의 얼굴만 있다. 반면 동양 불교에서 관음보살은 여러 개의 손과 얼굴을 지니고 있는데, 이처럼 온몸에 있는 얼굴과 눈은 오히려 세상 사람을 관찰하며 구원하기 위한 것이다. 이와 같이 여러 개의 얼굴을 지닌 존재를 긍정적으로 바라본다는 것은 변신을 긍정적으로 바라본다는 뜻이기도 하다. 변신은 얼굴을 비롯한 신체를 바꾸는 것이기 때문이다. 또한 변신은 다양한 정체성을 낳는데, 이로써 변신에 대한 긍정은 곧 단일한 정체성의 파괴와 다원적인 정체성에 대한 긍정을 의미한다고 해석할 수 있을 것이다.

다와다 요코는 마지막으로 인간과 동물 간의 상호변신에 관한 문제를 살펴본다. 고대 그리스 로마 신화에는 인간이 동물로 변하는 경우들만 나올 뿐, 동물이 인간으로 변하는 경우는 나오지 않는다. 그리고 인간이 동물로 변하는 것은 일종의 처벌을 의미하는데, 여기서 인간과 동물 간의 명확한 위계가 드러난다. 즉 동물은 인간보다 못한 미천한 존재일 뿐이다. 반면 동양의 설화에서는 동물이 인간으로 변하는 경우도 종종 나타나곤 한다. 카프카의 작품에도 동물이 인간으로 변신하는 이야기가 있다. 단편소설 「학술원에 드리는 보고」에는 살아남기 위해 인간의 나쁜 습성들을 체득하여 원숭이에서 인간으로 변해가는 빨간 원숭이 페터의 이야기가 등장한다. 여기서 원숭이 페터는 자신의 동물적 본능을 억압하며 인간으로 변신하려고 부단히 노력하지만, 그러한 시도가 완전히 성공을 거두지는 못한다.

카프카의 소설에서 동물이 인간으로 변신하는 것은 진보라고 불리지만 결코 자유를 의미하지는 않는다. 오히려 인간은 생존하기 위해 자신 속의 동물, 즉 동물적 신체성을 억압하고 통제해야 한다. 다른 한편 작가들은 시학적인 공간에서 이와 대비되는 자유로운 동물적 신체성의 발산에 대한 동경을 표명하기도 한다. 이처럼 이성적인 존재이자 단일한 정체성을 지니는 것으로 간주되는 인간은 자아 정체성의 죽음을 통해서 다양한 존재로 변신하며 자신 속에 억압된 동물적 신체성을 발산할 수 있다. 이러한 맥락에서 세 번째 강연은 다음과 같은 문장으로 끝을 맺는다. "시적인 변신은 죽음의 위험이 뒤따르는 동물로의 변신에 대한 동경과 인간으로의 변신에 대한 경악 사이에 존재하는 공간입니다." 오늘날 정체성의 위기라는 말이 유행하고 이러한 말로 정체성을 보존하는 것이 그 무엇보다 중요한 것처럼 선전되고 있지만, 다와다 요코는 오히려 이러한 정체성을 파괴하고 다양한 얼굴로 변신할 필요성을 역설한다. 그것은 동시에 인간에게 내재하는 동물적 신체성을 발산하고 동물과 인간의 경계를 넘어서는 동물-되기를 의미한다.

옮긴이의 말

카프카라는 거울에 비춰본
다와다 요코의 글쓰기와 작품 세계

올해는 카프카가 타계한 지 100주년이 되는 해다. 국내에서도 카프카에 관한 여러 권의 저서와 번역이 쏟아져 나왔고 독자들도 큰 관심을 보이며 이에 호응했다. 아마도 카프카는 국내에서 가장 많은 독자를 보유한 외국 작가일 것이다. 카프카의 영향력은 비단 일반 독자에 국한되지 않는다. 전 세계적으로 카프카의 영향을 받은 작가는 셀 수 없이 많고 설령 직접 그런 영향을 언급하지 않더라도 그들의 글쓰기 방식에 카프카의 흔적이 고스란히 담겨 있다.

카프카의 작품을 창조적으로 수용하면서도 자신의 고유한 글쓰기 방식을 발전시켜 세계적인 작가로 발돋움

한 대표적인 예로 다와다 요코를 들 수 있다. 비록 국내에서는 아직 다와다 요코와 카프카의 연관성에 주목한 연구가 없지만, 카프카가 그녀의 작품에 미친 영향은 결코 간과할 수 없다. 다와다 요코는 자신의 박사학위 논문인 『유럽 문학에 나타난 장난감과 언어 마술Spielzeug und Sprachmagie in der europäischen Literatur』에서 카프카의 단편소설 「중년의 노총각 블룸펠트Blumfeld, ein älterer Junggeselle」를 다루었고 자신의 에세이나 시학 강의록에서 여러 차례 카프카를 언급했을 뿐만 아니라, 그의 대표작인 『변신』을 일본어로 번역했고 이 작품을 각색해 희곡 「카프카 카이코쿠Kafka Kaikoku」를 쓰기도 했다. 이처럼 카프카는 다와다 요코에게 지속적인 관심의 대상이었으며 그녀의 글쓰기에 많은 영향을 주었다. 그 때문에 다와다 요코의 작품에 나타난 카프카의 흔적을 추적하는 것은 그녀의 글쓰기와 작품 세계를 이해하는 데 많은 도움을 줄 수 있을 것이다. 아래에서는 카프카와 다와다 요코의 연관성을 하나하나 집어나가면서 다와다 요코가 카프카를 어떻게 수용하고 그녀만의 독특한 글쓰기 방식을 발전시켜 나가는지 살펴

볼 것이다.

두 작가를 연결하는 첫 번째 키워드는 상호문화성이다. 잘 알려진 것처럼, 카프카는 체코 프라하에 살면서 독일어로 말하고 글을 썼던 유대인 출신 작가였다. 그가 살던 당시 프라하는 다수 민족인 체코인과 소수 민족인 유대인 및 독일인이 함께 살면서 다양한 문화를 만들어냈지만, 민족주의의 영향으로 서로 간의 갈등과 충돌도 적지 않았다. 카프카는 이러한 상황에서 특정한 민족적 정체성이나 특정 종교에 대한 신념을 발전시키지 않으면서 다양한 문화에 관심을 기울이고 문화적 경계를 뛰어넘으며 자신의 작품을 써나갔다.

일본 출신의 다와다 요코는 젊은 나이에 독일로 유학을 떠나 그곳에서 일하고 작품 활동도 하면서 박사학위 논문까지 작성했다. 눈에 띄는 것은 다와다 요코가 독일에 거주하면서도 독일어뿐만 아니라 일본어로도 작품 활동을 하고 있다는 점이다. 때로는 한 작품 내에 서로 다른 두 언어가 등장하는 경우도 적지 않다. 카프카가 체코어를 할 줄 알고 히브리어를 열심히 배우기는 했지만 독일어로만 집필 활동을 했던 것과 달리, 다와다 요코는 일본어와 독일어를 모두 창작 언어로 사용한다. 다와다 요코에게서 글쓰기는 번역의 글쓰기이기도 한데, 이는 다와다 요코가 한 언어를 다른 언어로 번역하는 데서 생겨나는 여러 가지 문제들에 관심을 기울였을 뿐만 아니라 문화적 번역의 관점에서 이 문제를 바라보기도 했음을 의미한다. 카프카와 마찬가지로 다와다 요코는 타 문화와 구분되는 고유한 민족 문화나 민족적 정체성과 거리를 둘 뿐만 아니라, 하나의 문화로 간주되는 것이 본질적으로는 그 안에서 상호작용하는 다양한 문화를 내포하고 있음을 인식하며 상호 문화성의 관점을 견지한다. 이로써 그녀는 자신을 독일로 이주해온 일본인 작가로 보는 시선을 거부하며, 서양 문화에 담겨 있는 동양 문화의 요소나 반대로 동양 문화에 담겨 있는 서양 문화의 요소를 밝혀내려고 한다. 이처럼 친숙한 것으로 간주되는 자신의 문화를 낯선 시선으로 바라봄으로써 고유한 문화적 정체성에 내포된 타자성을 밝혀내는 것이 그녀의 상호문화적 글쓰기의 특징이라고 할 수 있을 것이다.

두 번째 공통 키워드는 언어다. 카프카는 언어적으로 대단히 섬세한 작가다. 그의 대표작인 『변신』에서 알 수 있듯이, 카프카는 환상적인 세계를 지극히 사실적으로 묘사하며 독자가 그러한 세계를 현실로 받아들일 수 있도록 만든다. 또한 카프카는 한 문장을 어떤 관점에서 바라보느냐에 따라 정반대의 의미로 해석할 수 있게 만드는 독특한 글쓰기를 추구한다. 이는 단순히 한 문장이 다의적으로 해석될 수 있다는 차원을 넘어서 서로 모순되는 의미가 한 문장에서 발생할 수 있음을 의미한다. 카프카의 언어적 감수성은 무엇보다 그의 글쓰기가 문장 단위가 아니라 개별 단어의 층위에서 시작된다는 점에서 잘 나타난다. 카프카는 모든 문장에서 단어 하나하나가 마치 입체파 화가의 그림처럼 다양한 시선에서 해석될 수 있도록 만든다. 또한 그 단어에 내포된 함의가 단어 안으로 접혀 들어가 보이지 않게 만듦으로써 독자에게 궁금증을 불러일으키고 그 수수께끼를 풀도록 독자를 유도한다. 그 밖에도 카프카는 문자 텍스트를 단순히 말의 기록으로 간주하지 않고 그것의 매체성을 강조하며 시각적으로 조직된 텍스트의 특성을 살려 자신의 생각을 텍스트의 이미지로 드러내기도 한다. 예를 들면, 여러 개의 콤마로 나누어진 파편화된 텍스트는 분열되고 파괴된 인물의 신체를 텍스트의 물질성 내지 신체성을 통해 드러낸다.

다와다 요코 역시 언어에 대한 놀라운 감수성을 보여준다. 그녀가 에세이에서 보여준 독일어에 대한 관찰은 독일인조차 깜짝 놀랄 만큼 대단히 예리하고 신선하다. 그녀는 언어가 단순히 생각을 전달하는 수단이 아니라 신체와 긴밀히 연관을 맺고 있음을 인식하며 말 속에서 함께 공명하는 호흡이나 강세에 주목할 뿐만 아니라, 문자 텍스트의 형상성에 주목하며 텍스트의 신체에 관심을 기울이기도 한다. 더 나아가 그녀는 상호매체성의 관점에서 문자와 이미지의 관계에 대해 성찰하며 글을 쓰기도 한다. 그녀의 작품은 이미 책표지에서부터 시작된다. 표지에 실린 그림이나 텍스트 중간중간에 등장하는 다양한 이미지는 문자 텍스트와 상호작용하며 특별한 의미를 만들어낸다. 이처럼 다와다 요코는 문학 텍스트의 형상성을 강조하고 문학 텍스트를 의미의 차원을 넘어 시각적으로 조직된 텍스트로 인식하며 읽어낼 것을 요구할 뿐만 아니라, 나아가 그것을 더 이상 그림이나 사진 같은 이미지와 분리된 문자 매체로 환원하지 않고 이미지와의 상호작용에 주목하는 상호매체성의 관점에서 읽어낼 것을 요구한다.

세 번째 키워드는 동물이다. 카프카의 작품에서는 동물이 서술자나 주인공으로 등장하는 경우가 많다. 원숭이 빨간 페터가 인간으로 변모하는 과정을 서술한 「학술원에 드리는 보고」나 개가 서술자로 등장해 자신의 삶을 성찰하고 회상하는 「어느 개의 연구」가 그 대표적인 예일 것이다. 하지만 카프카는 자신의 작품에서 동물이 서술자나 인물로 등장하지 않아도 동물과 연관된 단어 몇 개만으로도 동물을 작품 전체를 관통하는 핵심 주제로 만드는 특별한 재주가 있다. 그런데 카프카의 작품에서 동물은 특히 변신이라는 주제와 연관해 중요한 의미를 지닌다. 인간이 동물로 변신하는 것은 인간이 목적 지향적인 사회에서 자신의 기능을 상실하고 가치 없는 생명으로 전락한 것을 보여주기도 하지만, 반대로 합리성만을 추구하는 인간이 억압된 자신의 무의식을 표출하고 잠재된 동물적 생명력을 발산하는 긍정적 의미에서의 동물-되기를 의미하기도 한다.

다와다 요코의 작품에서도 동물이 서술자나 주인공으로 등장하는 경우가 많다. 삼대에 걸친 북극곰 가족이 각각 서술자로 등장해 인간과 자신의 관계를 서술해나가는 『눈 속의 에튀드』나 들개에게 물린 후 종종 야수성을 드러내는 한 인물의 이야기를 다룬 『개 신랑 들이기』가 그러한 예일 것이다. 다와다 요코는 동물을 주인공으로 내세우는 작품에서 현대 사회가 어떻게 생태계를 파괴하고 특정 개체의 멸종위기를 가져오는지를 살펴보며 인간중심주의를 신랄하게 비판한다. 이러한 인간중심주의 비판과 포스트휴머니즘 세계에 관한 성찰을 통해 다와다 요코는 카프카의 문학을 계승하면서도 자신만의 방식으로 더욱 발전시킨다. 나아가 카프카와 마찬가지로 동물로의 변신 역시 다와다 요코 작품의 중요한 주제다. 동물로의 변신은 포스트구조주의 철학자인 들뢰즈와 가타리가 말한 것처럼 인간이 실제로 동물로 변하는 것이 아니라 동물적 생명력을 발산하며 인간과 동물의 중간 지대로 들어서는 것을 의미하는데, 다와다 요코는 이러한 인간의 동물-되기를 그 밖의 다른 되기의 차원, 가령 남성의 여성-되기나 아시아인의 유럽인-되기 같은 차원과 연결하기도 한다. 물론 카프카도 스스로를 중국인으로 생각한다든지 중국의 만리장성 등을 소재로 다루는 작품을 쓰기도 했지만, 다와다 요코는 상호문화적인 관점에서 동서양의 문화적 교류와 전이, 충돌의 문제를 더 집중적으로 깊이 있게 다룬다는 점에서 카프카의 문학적 유산을 계승하고 발전시켰다고 할 수 있을 것이다. 나아가 변신이라는 주제 역시 이러한 상호문화적 관점으로 확장해 고찰한 것이 카프카에게서 찾기 힘든 다와다 요코 문학만의 특징이라고 할 수 있다.

네 번째 키워드는 젠더다. 카프카 연구에서 그의 작품에 나타난 젠더 문제는 상대적으로 크게 주목받지 못했지만, 그의 작품에서 가부장적인 사회 구조가 비판되고 여성 인물들이 이 사회의 희생자가 되기도 하지만 때로는 이러한 질서를 교란하는 역할을 한다는 점이 강조되기도 했다. 나아가 카프카의 작품에서 그레고르 잠자가 벌레로 변하듯이 명시적으로 남성 인물이 여성으로 변신하는 경우는 나타나지 않지만, 텍스트를 자세히 살펴보면 성적인 경계를 넘어서는 변신이 동물로의 변신과 함께 나타나는 경우가 있음을 확인할 수 있다. 이러한 측면에서 카프카가 어느 정도 현대의 젠더 담론을 선취한 것이라고 볼 수 있다.

이에 비해 다와다 요코의 작품에서 젠더라는 주제는 훨씬 더 선명하고 집중적으로 다루어진다. 그녀의 작품에서는 빈번히 아시아에서 온 여자주인공이 유럽 남성과의 관계에서 인종적, 젠더적 측면에서 차별당하는 모습이 나타난다. 하지만 이러한 여성 차별에 대한 묘사에도 불구하고 다와다 요코는 자연적으로 주어진 성으로서 남녀의 이분법을 고집하기보다는 이를 사회문화적으로 구성된 젠더로 내세우고 젠더적 경계를 넘어서는 현상에 관심을 보인다. 다와다 요코는 최근에 출간된 밤베르크대학교 시학 강의록인 『젠더 논쟁을 위한 혀체조Eine Zungengymnastik für die Genderdebatte』에서 젠더 문제를 본격적으로 다룬다. 그녀는 여기서 남녀 이분법과 이성애적인 규범에 따른 성소수자의 사회적 차별을 비판하면서도 그들을 동성애자, 트랜스젠더 같은 유형으로 분류하며 그들에게 또 다른 의미에서 성적 정체성을 부여하는 데에는 비판적 거리를 둔다. 카프카와 마찬가지로 다와다 요코는 자신의 작품에서 가부장 사회를 비판하고 그 이전에 존재했을 것으로 추정되는 선사시대의 가모장 사회에 관심을 지니며 그러한 사회의 흔적이 현재까지 남아 있음을 보여주려 한다. 하지만 이것은 현대 사회에서 여성을 해방하거나 새로운 권력질서로서 가모장사회를 복원하는 목적보다는 남녀의 이분법을 극복하고 젠더의 경계를 넘어서는 개방적이고 생성적인 사회를 만들어내려는 시도로 볼 수 있다.

마지막 키워드는 놀이와 아이다. 카프카의 소설에서 아이가 작품의 전면에 등장하는 경우는 매우 드물다. 하지만 이미 고등학교 시절에 니체의 『차라투스트라는 이렇게 말했다』를 읽은 카프카는 차라투스트라의 모델로 등장하는 '놀이하는 아이'에 깊은 인상을 받고 이러한 아이로 변신하는 인물들을 자신의 작품에서 형상화한다. 목적 지향적으로 행동하지 않고 진리와 거짓, 선과 악의 피안에서 모든 것을 시점주의적으로 바라보는 아이는 단일한 정체성을 파괴하고 다원적인 주체성을 창조하는 인간을 나타낸다.

다와다 요코는 자신의 박사학위 논문에서 장난감 모티브를 중심으로 유럽의 놀이 이론을 소개하고 이를 다룬 문학 작품을 분석한다. 특히 로제 카이와가 '일링크스'라고 부른 도취의 놀이는 억압된 무의식을 표출하고 신체적 강렬함을 발산하는 특징을 갖는데, 카프카와 마찬가지로 다와다 요코의 작품에서도 일링크스로 분류되는 놀이를 하는 주인공들과 이를 통한 이들의 아이로의 변신이 다루어지곤 한다. 나아가 다와다 요코에게서 두드러지게 나타나는 또 다른 놀이의 양상은 언어유희다. 다와다 요코는 기존의 언어 사용이 문법적 질서에 얽매임으로써 언어에 잠재된 다양한 가능성을 억압해왔음을 지적하며, 이로부터 벗어나기 위해 모험심을 가지고 다양한 언어적 실험을 감행한다. 이러한 언어유희와 언어 실험을 통해 생겨난 새로운 시적 언어는 독자에게 해방감과 즐거움을 선사하고 언어에 대한 새로운 인식과 통찰을 가져다준다.

다와다 요코는 분명 카프카의 문학적 계보에 속한다. 하지만 그녀는 결코 카프카의 아류가 아니다. 그녀는 카프카가 예리한 감각과 미래를 내다보는 시선으로 선취했던 주제들을 자신의 시대에 맞게 변주하고 발전시키며 자신만의 독특한 작품 세계를 만들어낸다. 그녀의 상호문화적이고 상호매체적인 글쓰기, 포스트휴머니즘적이고 생태주의적인 사고는 그녀가 현대 사회의 주요 쟁점들을 올바로 인식하고 문학적으로 형상화하는 기반이 된다. 무엇보다 잊힌 과거의 문화적 유산을 끌어내어 이를 통해 현대 사회를 낯설게 바라보게 함으로써 새로운 인식을 도출해내거나, 놀이하는 아이처럼 언어를 실험하고 언어와 유희하며 새로운 시적 언어를 만들어내고 언어적 사잇공간을 열어젖히는 그녀의 탁월한 능력은 그녀가 세계적인 문학적 거장의 반열에 올라설 자격이 충분함을 보여준다. 카프카는 다와다 요코의 작품에서 유령처럼 출몰하며 자신의 흔적을 드러내지만, 카프카라는 거울에 비춰본 다와다 요코의 글쓰기는 그와는 또 다른 독특한 매력을 뽐내며 낯설고 새로운 방식으로 독자를 매료할 것이다.

주

1 Kristeva, *Die Chinesin*, Frankfurt/M. 1982, 27쪽 이하.

2 Celan, *Gedichte*, Frankfurt/M. 1993, Bd. I, 147쪽.

3 E.T.A. Hoffmann, *Die Serapionsbrüder I*, Berlin/Weimar 1994, 606쪽.

4 안드레아 엘러르트(Andrea Ehlert)에게 이에 대해 알려준 것에 감사를 드린다.

5 Ludwig Tieck, *Der blonde Eckbert. Der Rundenberg. Die Elfen.*, Stuttgart 1952, 9쪽.

6 같은 책, 17쪽.

7 같은 책, 23쪽.

8 Richard Wagner, *Götterdämmerung*, Stuttgart 1951, 68쪽 이하.

9 Mircea Eliade, *Schamanismus und archaische Ekstasetechnik*, Frankfurt/M. 1994, 105쪽.

10 Wolfgang Amadeus Mozart, *Die Zauberflöte*, Stuttgart 1962, 11쪽.

11 Eliade, 103쪽 이하.

12 A. u. J. Assmann/Chr. Hardmeier(Hg.): *Schrift und Gedächtnis. Archäologie der literarischen Kommunikation I*. München 1983.

13 Unica Zürn: Gesamtausgabe, Berlin 1988, Bd. I, 9쪽.

14 Yoko Tawada, *Talisman*, Tübingen 1996, 98쪽.

15 Heinrich von Kleist, *Der Zweikampf*, Sämtliche Werke, München 1984, Bd. 2, 227쪽.

16 Kafka, *Erzählungen*, Frankfurt/M. 1996, 15쪽.

17 Walter Benjamin, *Einbahnstraße*, in Gesammelte Schriften, Frankfurt/M. 1991, Bd. IV, 115쪽.

18 *Das dämonische Berlin*, 같은 책, Bd. VII, 91쪽.

19 Ovid, *Metamorphosen*, München 1981, 71쪽.

20 Yoko Tawada, *Aber die Mandarinen müssen heute abend noch geraubt werden*, Tübingen 1997, 45쪽 이하.

21 이 그림이 그려진 엽서를 보내주신 안네 두덴(Anne Duden)에게 감사를 드린다.

22 Yoko Tawada, *Das Bad*, Tübingen 1989, 8장.

23 Roland Barthes, *Das Reich der Zeichen*, Frankfurt/M. 1981, 124쪽.

24 Ovid, *Metamorphosen*, 9쪽.

25 같은 책, 24쪽.

26 같은 책, 222쪽.

27 같은 책, 67쪽.

28 같은 책, 62쪽.

29 같은 책, 130쪽.

30 Akinari Ueda, *Unter dem Regenmond*, 오스카르 벤을(Oscar Benl)이 독일어로 번역, Stuttgart 1980 참조.

31 Franz Kafka, *Erzählungen*, Frankfurt/M. 1996, 326쪽.

전기와 도서출판목록

다와다 요코는 1960년 도쿄에서 출생했다. 1979년 그녀는 시베리아 횡단 열차를 타고 처음 독일에 왔다. 1982년에서 2006년까지는 함부르크에서 살았고 지금은 베를린에서 살고 있다. 다와다 요코는 일본에서 공부한 후 함부르크에서 문학을 공부했다. 그 후 박사학위를 받았다. 첫 번째로 쓴 시들은 1986년에 『일본』(콘쿠르스부흐 출판사 16/17)에 실렸다. 첫 번째 책은 독일에서 1987년에, 일본에서 1991년에 출판되었다. 그녀는 독일어와 일본어로 작품 활동을 하고 있다.

수상경력(선별): 1990년 함부르크시 문학상, 1991년 군조 신인 문학상, 1993년 아쿠다카와 문학상, 1994년 함부르크시 레싱상, 1996년 샤미소상, 1997년 로스앤젤레스 빌라 아우로라 장학생, 1998년 튀빙겐대학교 시학 강사, 1999년 매사추세츠 공학 연구소 막스 카데 저명 방문자, 2000년 튀빙겐대학교 시학 강사(미래 시리즈), 로베르트 보쉬 재단 장학금, 독일 문학기금 장학금, 이즈미 교카 문학상, 2001년 바젤 문학관 입주작가, 2003년 이토 세이 문학상, 다니자키 주니치로 문학상, 2004년 뉴욕 독일관 입주작가, 2005년 바이마르 괴테 메달 수상, 2009년 쓰보우치 쇼요 대상, 스탠포드대학교 입주작가, 코넬대학교 입주작가, 2011년 함부르크대학교 상호문화 시학 객원교수, 무라사키 시키부 문학상,

노마 문예상, 2012년 파리 소르본대학교 입주작가, 2013년 요미우리 문학상, 에어랑거 시문학상, 2015년 독일학술교류처 뉴욕대학교 현대 시학 저명학자, 2016년 클라이스트상, 2018년 카를 추크마이어 메달, 『헌등사』로 전미 도서상 번역 부문 수상.

독일에서 출판된 책

(달리 설명이 없으면 독일어로 집필된 작품. 번역은 모두 페터 푀르트너)

1987년: 『네가 있는 그곳에만 아무것도 없다』. 시와 산문. 원어는 일본어.

1989년: 『목욕탕』. 중편소설. 원어는 일본어.

1991년: 『유럽이 시작되는 곳』. 산문과 시. 원어는 독일어와 일본어.

1993년: 『손님』. 중편소설. 2판, 『밤에 빛나는 두루미 가면』. 연극 작품.

1994년: 『여행 중인 오징어』 세 개의 이야기: 「발꿈치를 잃고서」-「개 신랑 들이기」-「스미다강의 주름진 남자」. 원어는 일본어.

1996년: 『부적』. 문학 에세이.

1997년: 『하지만 귤은 오늘 밤 안으로 훔쳐야 한다』. 시적인 산문, 꿈의 텍스트, 시. 원어는 독일어와 일본어, 『계란 속의 바람처럼』. 연극 작품.

1998년: 『오르페우스와 이자나기』와 『틸』. 연극 작품/방송극. 원어는 일본어와 독일어. 튀빙겐대학교 시학 강의록: 『변신』.

2000년: 『유럽 문학에 나타난 장난감과 언어 마술』. 박사학위 논문, 『오비디우스를 위한 아편』. 산문.

2002년: 『바다 너머 혀넙치의 혀들』. 문학 에세이. 원어는 독일어.

2004년: 『벌거벗은 눈』. 중편소설.

2005년: 『비는 우리 삶에서 무엇을 바꾸나요?: 또는 오페라 각본』.

2007년: 『언어 경찰과 언어 놀이 사전』. 문학 에세이.

2008년: 『보르도의 형부』. 장편소설.

2010년: 『목욕탕』. 이중 언어 신판. 일본어 텍스트는 여기서 처음 출판됨, 『독일어 문법의 모험』. 시.

2012년: 『낯선 물』. 함부르크대학교 상호문화적 시학 객원교수. 강의록과 학술 논문.

2013년: 『내 짧은 발가락은 한 마디 말이었다』. 12편의 연극 작품들.

2014년: 『눈 속의 에튀드』. 장편소설, 『유럽이 시작되는 곳 & 손님』. 산문 텍스트와 시. 두 개의 절판된 책을 한 권으로 만들어 새로 발간.

2016년: 『악센트 없이』. 문학 에세이, 『스쳐 지나가는 밤을 위한 발코니』. 시학적 산문.

2018년: 『헌등사』. 원어는 일본어. 장편소설.

2020년: 『파울 첼란과 중국인 천사』. 장편소설.

일본에서 출판된 책

1991년: 『세 사람의 관계』. 중편집.

1993년: 『개 신랑 들이기』. 중편집, 『알파벳의 상처』. 중편소설.

1996년: 『고트하르트 철도』. 단편집, 『성녀 전설』 장편소설.

1998년: 『여우 달』(그 외 『부적』의 일부 번역), 『비혼(飛魂)』. 장편소설, 『입이 두 개 뚫린 남자』. 단편집.

1999년: 『서툰 말로 중얼중얼』. 산문집.

2000년: 『데이지 꽃 차의 경우』. 단편집, 『빛과 젤라틴의 라이프치히』. 단편집.

2001년: 『변신을 위한 마약』(『오비디우스를 위한 아편』의 번역).

2002년: 『구형 시간(球形時間)』. 장편소설, 『용의자의 야간열차』. 중편소설.

2003년: 『여행하는 말들: 엑소포니, 모어 바깥으로 떠나는 여행』. 산문집.

2004년: 『벌거벗은 눈의 여행』(『벌거벗은 눈』의 번역).

2006년: 『바다에 떨어뜨린 이름』. 단편집, 『우산의 사체와 나의 아내』. 시, 『아메리카: 무도한 대륙』. 단편집.

2007년: 『녹는 거리, 비치는 길』. 산문집.

2009년: 『보르도의 친척』(『보르도의 형부』의 번역).

2010년: 『수녀와 큐피드의 활』. 장편소설.

2011년: 『눈 연습생』. 장편소설.

2012년: 『뜬구름 잡는 이야기』. 장편소설.

2013년: 『말과 함께 걷는 일상』. 산문집.

2014년: 『헌등사』. 장편소설.